Tödliche Häppchen

Eine kulinarische Krimi-Sammlung aus Nordbaden

Bettina von Cossel / Simone Ehrhardt (Hrsg.)

verlag regionalkultur

Handlungen und Charaktere der Erzählungen sind frei erfunden. Jegliche Ähnlichkeit mit lebenden oder verstorbenen Personen ist rein zufällig und nicht beabsichtigt.

Titel:	Tödliche Häppchen. Eine kulinarische Krimi-Sammlung aus Nordbaden.
Herausgeberinnen:	Bettina von Cossel / Simone Ehrhardt
Satz:	Patrick Schumacher, vr
Umschlaggestaltung:	Jochen Baumgärtner, vr

ISBN 978-3-89735-688-7

Bibliografische Information der Deutschen Bibliothek
Die Deutsche Bibliothek verzeichnet diese Publikation in der Deutschen Nationalbibliografie; detaillierte bibliografische Daten sind im Internet über http://dnb.ddb.de abrufbar.
Diese Publikation ist auf alterungsbeständigem und säurefreiem Papier (TCF nach ISO 9706) gedruckt, entsprechend den Frankfurter Forderungen.

verlag regionalkultur
Heidelberg • Ubstadt-Weiher • Basel

Korrespondenzadresse:
Bahnhofstraße 2 • D-76698 Ubstadt-Weiher • Tel. 07251 36703-0 • Fax 07251 36703-29
E-Mail kontakt@verlag-regionalkultur.de • *Internet* www.verlag-regionalkultur.de

Inhalt

Ulrike Blatter

Alles in bester Ordnung

Auf kleiner Flamme abkochen, danach gründlich abschrecken,
so gelingt es am besten.
(Küchenweisheit)

Roland machte sich übertriebene Sorgen, dass es auch diesmal wieder auf so grauenhafte Weise schiefgehen würde, wie er es nannte. Deshalb wollte er erst gar nicht wegfahren. Ich sah diese Angelegenheit jedoch entspannter und konnte ihn davon überzeugen, dass uns beiden ein Tapetenwechsel gut tun würde. Natürlich belastet so etwas auf Dauer eine Beziehung. Aber in meinen Augen ist es eine ebenso große Belastung, dass Roland die Finger partout nicht von anderen Frauen lassen kann.

Was mich betrifft, hätte ich übrigens nichts dagegen, meinen Urlaub auch einmal anders zu verbringen.

Als er damals mit der Schürzenjägerei anfing, hat er zuerst noch versucht, seine Weiber vor mir zu verstecken. Dann war er eine Zeitlang ziemlich offen und schien keinerlei Hemmungen zu kennen. Als ich jedoch unnachgiebig blieb, kam die Phase, in der er reumütig und zerknirscht Besserung gelobte. Selbstverständlich war das nur Tarnung. Ich kam ihm dennoch auf die Schliche. Er macht es mir aber auch zu einfach: Seine Körperhaltung ändert sich, wenn er eine interessante Frau sieht, sein Blick, seine Art zu sprechen – ehrlich gesagt, es ist immer die gleiche Masche, die er durchzieht. Komisch, dass ihm in all den Jahren noch nichts Neues eingefallen ist. Offensichtlich war es nicht nötig. Er hatte auch mit seiner simplen Tour immer Erfolg.

Dass es nicht schon längst zur völligen Entfremdung zwischen uns gekommen ist, haben wir wohl eher meiner Liebe zu verdanken als seiner. Weiß er überhaupt, was Liebe ist? Viele Männer verwechseln regelmäßig körperliche Anziehungskraft mit tieferen Gefühlen.

Schon oft habe ich gedacht: Roland ist eigentlich wie ein großes Kind, das immer nur spielen will. Und genau das scheint auch seinen Erfolg bei den Frauen auszumachen: sein jungenhafter Charme, sein Humor und – nicht zu vergessen – seine sportliche Figur, die sich auf ansehnliche 1,85 m verteilt. Kein Wunder, dass die Frauen reihenweise schwach werden.

Kein Wunder, dass ich ihn nicht hergeben will.

Ich hatte mich für eine sogenannte Spargelfahrt entschieden. Die Route unserer kulinarischen Busreise führte durch Nordbaden; Kochtipps und Verkostungen von regionalen Weinspezialitäten und diversen Spargelgerichten inklusive. Ein zweitägiger Aufenthalt in Mannheim, pünktlich zum ‚Mannheimer Maimarkt‘, schon seit fast 400 Jahren eines *der* regionalen Großereignisse, schloss sich an, gefolgt vom krönenden Abschluss: die Asparagus-Metropole Schwetzingen, wo der Einkauf von tagesfrischem Spargel zu Sonderkonditionen zugesagt wurde. Der mundwässernde Name des Veranstalters, ‚CULINARIUS‘, klang vielversprechend, und da der Weg zum Herzen eines Mannes meist über dessen Magen führt, hatte ich Roland dann doch endlich überzeugen können.

Diesmal wurde mein Misstrauen schon vor Abfahrt des Busses geweckt. Diese aufgetakelte Mittdreißigerin war genau der Typ, auf den Roland steht: langbeinig, solariumgebräunt auch im tiefsten Winter – mit spätestens fünfzig haben die dann überall Falten, sogar an Stellen, an denen man normalerweise keine Falten bekommt. Aber an so was denkt diese Sorte Frauen natürlich nicht. Ich schon. Ich pflege meine Haut und achte auf gesunde Ernährung. Für mein Alter habe ich mich erstaunlich gut gehalten. Ich treibe auch regelmäßig Sport. Nichts Ausgefallenes – ein bisschen Schwimmen, ein bisschen Nordic-Walking, aber es reicht, um eine gewisse Basisfitness zu erhalten. Beim Volkswandertag marschiere ich manch einer Jüngeren noch kräftig davon.

Sie stand am Haltepunkt des Reisebusses und hatte sich fröstelnd ein viel zu dünnes Baumwolljäckchen um den ansehnlichen Oberkörper geschlungen. Obwohl es heftig regnete, war diese Frau extrem sommerlich angezogen: Stilettos, Caprihosen, enges Top, tief ausgeschnitten, da hatte kein BH drunter Platz. Der Bauchnabel blitzte bei jeder Drehung, natürlich war er mit einem glitzernden Steinchen verziert. Fußkettchen, eine kokett ins Haar zurückgeschobene Sonnenbrille und sorgfältig maniküre, übertrieben lange Fingernägel vervollständigten das prollige Outfit dieser künstlichen Blondine, die sich als Fleisch gewordener Männertraum präsentierte.

Offenbar hatte es diese ‚Dame‘ auf Roland abgesehen. Zielsicher stöckelte sie auf ihn zu, würdigte mich keines Blickes und stellte sich als Nina vor. Mit einem piepsigen Vogelstimmchen bat sie um tatkräftige Unterstützung beim Verladen ihres Koffers. Keine Ahnung, wieso sie einen schweren Koffer auf einer Kurzreise mitschleppte, aber Roland hatte Witterung aufgenommen. Diesmal hatte er es noch nicht einmal nötig, einen seiner billigen Anmachtricks aus der Mottenkiste zu holen.

Offensichtlich war sie auf Kontaktsuche. Nina – was für ein lächerlicher Name. Ihren Nachnamen hat sie übrigens nie erwähnt.

Was nun kam, war eigentlich vorhersehbar: Ich musste meine klobige Reisetasche alleine schleppen, während Roland für Nina den Kofferkuli spielte. Für Nina, die wahrscheinlich mit ihren hohen Absätzen auf dem rutschigen Kopfsteinpflaster verloren gewesen wäre. Dann hängte er ihr seine Jacke um die Schultern und geleitete sie galant zum Einstieg.

Mittlerweile hatte ich tropfnasse Haare. Meine Frisur war so gut wie ruiniert; und dabei hatte ich mir extra für die Reise eine neue Dauerwelle legen lassen.

„Hättest du mir nicht wenigstens den Schirm geben können?!", zischte ich Roland wütend zu, als er sich im Bus neben mich plumpsen ließ.

„Du hättest ja einen kleinen Moment warten können", gab er zurück. „Du bist einfach immer viel zu ungeduldig."

Mir verschlug es die Sprache – und diesen Moment des Schweigens nutzte Roland geschickt aus, um den Sitzplatz zu wechseln. Von nun an bedachte er mich keines Blickes mehr, sondern schäkerte mit diesem blonden Retortenwesen herum. Schamlos war das, absolut schamlos!

Noch hätte ich das Rad zurückdrehen und aussteigen können – aber mir tat es leid um das schöne Geld. Rolands Verhalten war ganz sicher kein Grund, den die Reiserücktrittsversicherung anerkennen würde. Ich wollte auch keine Szene machen; einige der Leute im Bus kannte ich flüchtig. Wir wohnen in einer Kleinstadt im Nordschwarzwald und solche Neuigkeiten werden bei uns genüsslich breitgetreten. Ich bin mir ziemlich sicher, dass mich einige mitleidige Blicke streiften. Vielleicht waren es auch spöttische Blicke. Ich wollte es gar nicht so genau wissen, sondern drehte meinen Kopf zur beschlagenen Scheibe und tat so, als ob es draußen etwas Interessantes zu sehen gäbe. Aber da war nichts – nur eine Welt, die im Grau versank. Das Wetter blieb schmuddelig, und statt der erhofften Frühlingsfarben erblickte ich nur monotone Spargelfelder unter Folie. Neuerdings heizen sie den Boden unter den Spargelfeldern sogar mit Fußbodenheizung. Die Welt ist so unecht und kalt geworden, und alle denken nur an ihren persönlichen Profit. Ich biss die Zähne zusammen. Niemand sollte merken, dass mir die Tränen in die Augen schossen.

Ich musste die Sache unter Kontrolle bekommen. Als ich nachzudenken begann, ging es mir schlagartig besser.

Lange bevor wir das Mannheimer Kreuz erreichten, hatte ich schon einen Plan. Zu diesem Zeitpunkt war Nina längst eingeschlafen. Ihr Kopf lag entspannt auf Rolands Schulter.

Ruhe sanft, lächelte ich. Bald wirst du Gelegenheit haben, für sehr lange Zeit auszuruhen.

Unter solchen Überlegungen verging die Fahrt überraschend schnell. Es war wie das Zeichen einer höheren Macht, als in Mannheim die Wolkendecke aufriss und das regennasse Pflaster im hellen Sonnenlicht optimistisch aufleuchtete.

So ärgerte ich mich auch nur kurz, als Roland sofort nach der Ankunft die zwei Betten im Hotelzimmer ein Stück weit auseinanderschob. Es ist lange her, dass wir dicht aneinandergeschmiegt schliefen. Vor etwa zwanzig Jahren kehrte er mir auf einmal beim Einschlafen den Rücken zu. Zuerst versuchte ich noch in gewohnter Weise, mich an seinen Körper zu pressen, aber er bestand hartnäckig auf größerer Distanz. Es sei ihm zu warm, behauptete er.

Noch später wollte er ein eigenes Zimmer. Ich stimmte nur widerwillig zu. Manchmal muss man im Leben Kompromisse machen. Und wenn die ganz große Liebe geht, dann sollte wenigstens die Freundschaft bleiben.

Ich habe es schließlich eingesehen. Auch Freundschaft hat ihren Preis.

Bei Kurzreisen ist Zeit ein wichtiger Faktor. Da ich meine Reisetasche vernünftig und mit System packe, brauche ich nur wenig Zeit, um im Hotel meine Kleider einzuräumen. Ganz im Gegensatz zu Roland. Oft bemerkt er erst am Urlaubsort, was er alles vergessen hat, und dann ärgert er sich immer maßlos.

Es war ein Leichtes für mich, sein Handy an mich zu bringen. Es lag auf der Bettdecke, unter einem zerknüllten Handtuch und einem aufgeschlagenen Stadtplan. Unauffällig ließ ich das schmale Gerät in meine Handtasche gleiten.

„Wir sehen uns beim Abendessen", rief ich Roland zu. Seine Antwort war ein unzufriedenes Knurren. Mit ziemlicher Sicherheit erwartete er von mir, dass ich seinen Koffer ausräumte. Aber ich gab ihm keine Chance. Die Zeit, die er im selbst angerichteten Chaos im Hotelzimmer verbrachte – diese Zeit benötigte ich, um mein kleines Arrangement zu treffen.

Es lag nur eine Ahnung von Dämmerung in der vom Regen sauber gewaschenen Luft, als ich zur Stadtmitte ging. Mannheim trägt den Namen ‚Stadt der Quadrate' zu Recht: Der Stadtplan sieht fast aus wie ein Schachbrett und selbst die Einheimischen schauen verständnislos, wenn man nach einem Straßennamen fragt. Besser, man erkundigt sich nach einem bestimmtem Planquadrat. Dann bekommt man eine rasche und präzise Auskunft. Laut Stadtplan befand ich mich auf dem Weg zu Planquadrat R2. Mit jedem Schritt, den ich tat, schien die Luft weicher zu werden. Eine sanfte

Brise wehte den Duft von Maiglöckchen herbei. Mir wurde irgendwie sentimental zumute. Wie schön war es doch damals gewesen; damals, bei unserem ersten Urlaub im Allgäu.

Energisch wischte ich diese Gedanken zur Seite. Ich musste einen klaren Kopf bewahren. Wahrscheinlich würde Roland nicht einmal so viel Anstand besitzen, wenigsten pro forma am gemeinsamen Abendessen mit der Reisegesellschaft teilzunehmen. Mit vor Geilheit vernebeltem Hirn würde er mit seiner Nina nur eine Kleinigkeit essen, dann vielleicht tanzen gehen, oder sie in einem Kino ausgiebig befummeln, um später die Nacht mit ihr verbringen.

Dazu durfte es nicht kommen. Die Vorstellung, dass er mit Nina schlafen würde, schnürte mir die Luft ab.

Die Konkordienkirche ist im Innenraum von protestantischer Schlichtheit. In meinem Reiseführer las ich, dass der Name übersetzt ‚zur Heiligen Eintracht' bedeutet. Nach dem Willen ihres Erbauers sollte sie nach der fast völligen Zerstörung der Stadt durch die Franzosen im Jahr 1689 ein Symbol für den friedlichen Neuanfang werden.

Für meine Pläne war jedoch ein kleines bauliches Detail viel entscheidender: Unter der Orgelempore befindet sich eine Gruft, in der laut Reiseführer die zweite illegitime Gattin des Kurfürsten, die ‚schöngewachsene' Raugräfin Louise von Degenfeld in einem Zinnsarg bestattet wurde. Diese Bestattung geschah damals überstürzt und etwas provisorisch, da sich die Kirche noch im Bau befand. Gab es einen stilvolleren Ort, um die ‚illegitime', schöngewachsene Nina in die Ewigkeit zu geleiten?

Ich stieg die Stufen zur Gruft hinab. Nur kurz verweilte ich vor dem mit wuchtigen Löwenköpfen geschmückten Sarkophag. Dann fischte ich Rolands Handy aus meiner Handtasche und ließ es aufschnappen. Es war so, wie ich es mir gedacht hatte: Unter *Nina* fand ich ihre Nummer – und unter *Postausgang* seine knappe SMS:

21.00 uhr – in der hotelbar – freue mich – roland.

Er wollte also den Schein wahren und doch zuerst mit mir zu Abend essen, bevor er zum Hauptprogrammpunkt kam.

Langsam und sorgfältig tippte ich eine kleine Änderung seiner Agenda ein:

liebe nina ...

Ich zögerte; eine persönliche Anrede war nicht Rolands Stil. Er war direkter, um nicht zu sagen obszön. Also löschte ich die Buchstaben und begann von Neuem. Beim zweiten Versuch ging mir der Text flüssiger von der Hand:

zuerst kultur? – treffpunkt konkordienkirche – Planquadrat R2 – unter der
orgel – lust auf mehr? – heute auf der karte z. b. badischer spargel mit har-
ten eiern ;-) kuss, roland.

Ich überlegte mir das mit dem Kuss, fand es aber durchaus angemessen, um die
Dame zu motivieren. Dann drückte ich auf *Senden*. Das Gerät fiepte und ein kurzes
Leuchtsignal bestätigte mir, dass die Botschaft angekommen war.

Ich schätzte, dass sie mit ihren schwankenden Absätzen etwa eine Viertelstunde
benötigen würde. Also setzte ich mich und überließ mich der Betrachtung. Vor
meinen Augen verschwamm der Zinnsarg und schien sich zu vervielfältigen. Plötzlich schienen dort aufgebahrte Gestalten zu liegen. Wieder einmal spielte mir meine lebhafte Fantasie einen Streich – wusste ich doch genau, dass dies ein Trugbild
meines überregten Nervensystems war. Aber dennoch erkannte ich jedes grauen-
volle Detail nur zu gut: die Strangulationsmarken an den Hälsen, die in Todesangst
aufgerissenen Augen, die geschminkten Lippen, die für immer verstummt waren,
verschmiertes Rouge, das auf der totenblassen Haut der Wangenknochen seltsam
grell und unpassend hervorstach.

Ich bin eigentlich geradezu harmoniesüchtig und außerdem leidenschaftlich den
schönen Dingen des Lebens zugewandt. Ich kann mich nicht an den erschlafften,
leichenblassen Gesichtern meiner Nebenbuhlerinnen ergötzen. Nichts liegt mir fer-
ner als Schadenfreude. Wie gesagt, diese Angelegenheit belastet mich eher. Also zog
ich in Gedanken sanft saubere Leinentücher über jedes einzelne dieser entstellten
Frauengesichter und murmelte dabei leise ihre Namen: Lisa, Kathrin, Sibylle und
wie sie alle hießen. Es waren viele Namen. Ich hatte keinen einzigen vergessen.

Sorgfältig streifte ich mir Schutzhandschuhe über, die ich für alle Fälle immer
bei mir trug.

Nina kam schon nach zehn Minuten. Die Kirche war leicht zu finden. Wider
Erwarten hatte sie flache Schuhe an. Damit hätte sie mir vielleicht sogar davonlau-
fen können. Aber sie war völlig arglos und so erwischte ich sie in gewohnter Weise
von hinten. Ein geschickter Schlag an die entscheidende anatomische Stelle lässt
das Opfer lautlos zusammensacken. Aus leidvoller Erfahrung hatte ich gelernt, dass
diese Bewusstlosigkeit meist nicht lange anhält. Es kommt also darauf an, in dieser
kurzen Zeit bereits eine solche Sauerstoffverknappung im Gehirn herbeizuführen,
dass das Opfer, auch wenn es erwachen sollte, wehrlos bleibt. Da Roland zum zierlichen Frauentyp tendiert, kann ich mich auf meine körperliche Überlegenheit verlassen. Meine Hände sind groß genug, um Nase und Mund des Opfers komplett zu
bedecken. Am Anfang machte ich noch diverse Fehler, benutzte zum Beispiel einen
Seidenschal, der sich als erstaunlich elastisch erwies, oder ich ließ zu früh los.

Mittlerweile habe ich meine Methode perfektioniert und führe die notwendigen Handgriffe mit der gebotenen Effizienz aus. Ein rascher Griff in Ninas Handtasche: Ich steckte ihr Handy ein und verließ zügig, aber keinesfalls überhastet, die Kirche. Zu später Stunde und verborgen hinter dem Sarkophag würde sie zwar eine Weile unentdeckt bleiben, aber man soll das Schicksal nicht herausfordern.

Bis zum Luisenpark war es ein rechtes Stück Weg, aber wie gesagt, ich bin gut im Training. Unterwegs entsorgte ich die Handschuhe. Einzeln und in gebührendem Abstand voneinander, versteht sich. Als ich den Park betrat, empfing mich das Geklapper der dort brütenden Störche und mir wurde so weh ums Herz. Die Bootsvermietung am Kutzerweiher hatte schon Feierabend. Direkt neben dem Kassenhäuschen steht ein Baum, dessen Zweige mit Hunderten von Schnullern geschmückt sind, die dort wohl von Kindern hineingehängt werden, die zu alt für ihre Schnuller geworden sind. Ein netter Brauch.

Auf einmal fühlte ich mich erschöpft, wie nach einer sehr schweren Arbeit. Ich sank auf dem Bootssteg nieder und betrachtete Ninas Handy, das ich unwillkürlich die ganze Zeit krampfhaft umklammert hatte. Dann angelte ich aus meiner Tasche Rolands Mobiltelefon und wog die beiden leichten Geräte nachdenklich in meiner Hand. Ich war umgeben vom schwindenden Licht eines lauen Frühlingsabends, überwölbt von einem Himmel, der sich allmählich violett färbte, und hatte das abendliche Geschwätz der Störche im Rücken – einen kurzen Moment dachte ich darüber nach, ob dies der sagenumwobene Weiher sei, aus dem die Störche die kleinen Kinder fischten? Wohlversorgt mit einem Schnuller vom Schnullerbaum und dann fertiggemacht zum Transport quer durch die Republik? Schon wieder wurde mir so altmodisch sentimental zumute; aber ich weiß, wie man gegen solche Gefühle angeht.

Ich drückte eine Taste auf Rolands Handy. Das Display leuchtete geisterhaft auf. Die letzten SMS auf seinem und Ninas Telefon waren die einzigen Spuren, die zum Tatort führten – und würden ganz klar den Verdacht auf Roland lenken.

Was hatte er mir alles in den letzten Jahren angetan. Der Gedanke an Rache war nicht ganz abwegig. Aber andererseits wusste Roland einfach zu viel.

Wenn ich es konsequent zu Ende dachte, waren wir auf Gedeih und Verderb einander ausgeliefert. Unser gemeinsames Wissen fesselte uns sicherer aneinander, als alle Schwüre es je vermocht hätten. Es bestand also kein rationaler Grund, Roland zu belasten.

Sanft ließ ich die Handys ins Wasser gleiten. Sie drehten sich um die eigene Achse und zogen eine silberglänzende Spur in die Tiefe.

Mit den langsamen Schritten einer alten, sehr müden Frau tauchte ich wenig später wieder ein in das abendliche Treiben der Innenstadt. Man muss es zu nehmen wissen, das Leben – dann ist es wunderbar.

Unsere Reisegruppe war noch bei der Vorspeise. Ein Klassiker: Spargel mit hartgekochten Eiern. Roland war nicht dabei. Ich fand ihn auch nicht an der Bar.

Er saß im Zimmer, Hemden, Hosen und Socken in wilder Unordnung um sich herum verstreut. Ehrlich gesagt sah er ziemlich verzweifelt aus.

„Bist du immer noch nicht fertig?", fuhr ich ihn ungewollt heftig an. „Ich bin es leid, immer hinter dir herzuräumen."

Sein Gesicht nahm einen schuldbewussten, zerknirschten Ausdruck an. Bittend legte er die Stirn in Falten. Wie gut kannte ich diese Miene. Auf diese Weise hatte er mich immer herumgekriegt.

„Komm hilf mir schon", meinte er. „Hast du nicht irgendwo mein Handy gesehen, Mami?"

Badischer Spargelsalat mit hartgekochten Eiern

Vorspeise
Rezept für 10 Personen

Zutaten Salat:
8 Eier, gekocht und gehackt
1 kg weißer Spargel, gekocht

Zutaten Marinade:
3 EL saure Sahne, 3 EL Joghurt (10%), 2 TL scharfer Senf, weißer Pfeffer, Salz, Zucker,
1 Bund Schnittlauch zum Bestreuen

Zubereitung:
Den Spargel auf Tellern anrichten und mit Marinade überziehen. Mit den Eiern und dem Schnittlauch bestreuen.

Dieses köstliche Rezept wurde freundlicherweise vom Restaurant „Dobler's" in Mannheim zur Verfügung gestellt.

Restaurant Dobler's
Seckenheimer Straße 20
68165 Mannheim
Telefon: 0621 14397
www.doblers.de

Simone Ehrhardt

Das Orakel

Die Abendsonne lag mit ihrem goldenen Schein auf dem Schwarzwald. Franz genoss den Ausblick auf die bewaldeten Berge, die jetzt, im Spätsommer, so friedlich schienen. Die Bäume wiegten sich sacht in der leichten Brise aus Westen, wie Meeresrauschen drang es durch die geöffnete Terrassentür herein. Ein perfekter Tag! Nur die stille Wehmut ließ sich nicht unterdrücken. Es war der 18. Geburtstag ihres Sohnes, doch sie würden ihn nicht feiern, so wie sie auch keinen seiner vorherigen Geburtstage gefeiert hatten. Es war ein Tag der Trauer.

In der Luft lag noch der letzte Hauch von Gebackenem. Angelika hatte Pfitzauf gemacht, wie jedes Jahr an diesem Datum. Sie hatte sich ihr ganz eigenes Orakel geschaffen: Gingen die Pfitzauf hoch, würde sie leben; fielen die kleinen Soufflés zusammen, bedeutete das ihren Tod. Der Hebamme Tod. Der Hebamme, die ihren Sohn auf dem Gewissen hatte. Direkt nach der Geburt war ihr Christian durch einen Fehler der Geburtshelferin gestorben; bis der Arzt kam, war es längst zu spät und das lange Ende ihres Lebens hatte begonnen.

Christian war ein Wunschkind gewesen, auf das sie Jahre gewartet hatten. Angelika hatte während der Schwangerschaft gelitten, aber, oh, wie glücklich war sie gewesen, wie bereitwillig hatte sie alles über sich ergehen lassen, die Monate der Übelkeit, gefolgt von wochenlanger Bettruhe, auf der der Arzt bestand, um das ungeborene Kind nicht zu gefährden. Gemeinsam hatten sie die Hebamme ausgesucht, alles geplant und vorbereitet, Gespräche geführt, sich für eine Hausgeburt entschieden. Der Arzt war einverstanden, sah keine Gefahr, vertraute der Geburtshelferin. Doch alles ging schief. Was der glücklichste Tag ihres Lebens hatte werden sollen, war zum schlimmsten geworden.

„Schau! Siehst du es?"

Er sah hin und nickte. Ja, es war überdeutlich. Das Orakel hatte gesprochen. „Und nun, Angelika? Was für einen Unterschied macht das?"

„Jeden und keinen."

Franz konnte nur raten, was seine Frau mit dieser kryptischen Antwort meinte. „Er kommt nicht zurück, weißt du?! Egal, was du tun könntest, er wird nie mehr bei uns sein."

Angelika ließ ihren Blick unstet durch die Küche schweifen. „Das weiß ich. Darum geht es doch gar nicht."

Er fragte nicht nach, worum es dann ginge. Er fürchtete sich zu sehr vor dem, was sie sagen mochte.

Franz erhob sich aus dem Sessel und sah ein letztes Mal über das Tal, ehe er sich auf den Weg in die Küche machte. *Wo ist sie nur?*, wunderte er sich besorgt, denn er hatte Angelika seit dem Mittagessen und dieser kurzen Unterhaltung nicht mehr gesehen. Nach Christians Tod war ihre Ehe am Ende und glich täglich mehr einer Hölle, doch er hatte es einfach nicht über sich gebracht, sie zu verlassen, obwohl es für ihn die Rettung bedeutet hätte. Angelika war nicht mehr die Frau, die er geheiratet hatte. Sie war angefüllt mit Trauer, Wut, Hass, Bitterkeit und unerschöpflichem Schmerz. Achtzehn Jahre lang hatte er das ertragen. Zu Beginn hatte er ihre Gefühle geteilt, das war nur natürlich. Auch er hatte seinen Sohn verloren, sein einziges Kind. Sie hatten gemeinsam getrauert, versucht, das Unfassbare zu begreifen, waren in den Vorwürfen und Anschuldigungen gegenüber der Hebamme eins gewesen. Manchmal dachte er, ohne diesen Sündenbock wären sie schon damals vollständig auseinandergefallen, hätte der Verlust sie zerrissen.

Doch irgendwann konnte er nicht mehr. Franz hatte gespürt, wie das klaffende Loch zuwuchs und zu einem kleinen Riss wurde, der für alle Zeit in seinem Herzen bleiben würde. Auch er würde nie mehr derselbe sein, doch er wusste, er konnte damit leben. Er sehnte sich nach einem Neubeginn, nach frischer Hoffnung und etwas Glück. Sie hatten doch noch einander! Angelika dagegen fand nicht heraus aus ihrem tiefen Todestal. Sie waren bei einer Therapeutin gewesen, bei einem Pfarrer in der Seelsorge, hatten mit Ärzten gesprochen, mit Vertrauten.

Alle rieten dasselbe: „Du musst loslassen, vergeben, dich befreien von Hass und Bitterkeit. Du schadest damit nur dir selbst!"

Doch Angelika sagte, der Schmerz sei alles, was ihr geblieben war. „Ohne die Wut und die Bitterkeit wüsste ich nicht mehr, wer ich bin. Es gibt nichts mehr in mir außer diesen Gefühlen. Was also sollte ich ohne sie tun? Ich habe verlernt, wie man fröhlich ist, und außerdem bin ich es meinem Sohn schuldig. Ich bin es ihm schuldig, der Hebamme niemals zu vergeben, ihr ein lebendes Mahnmal ihres Versagens zu sein!"

„Nein, nein", meinten die anderen, „die Hebamme wird nichts davon mitbekommen. Sie führt ihr Leben einfach weiter und hat außerdem genug an ihrer eigenen Schuld zu tragen. Wenn du an deiner Bitterkeit und Verletzung festhältst, dann schadest du nur dir selbst, und nicht der Geburtshelferin."

„Oh doch", beharrte Angelika, „diese Mörderin spürt es in jedem Moment ihres Daseins, weiß es ganz genau, und es ist meine heilige Pflicht, dieser Kindstöterin ein lebenslanger giftiger Stachel in der Seele zu sein."

„Weißt du, welcher Tag heute ist?"

Natürlich wusste er das – welch überflüssige Frage. Angelika fragte nur pro forma, es war wie eine Beschwörung, die jeden Geburtstag ihres Sohnes eröffnete. Franz hatte trotzdem ja gesagt und war aus dem Bett gestiegen. Er hätte seine Frau gerne in den Arm genommen, um sie zu trösten und selbst Trost zu empfangen, doch an den Tagen, an denen sich der Tod ihres Sohnes jährte, trug sie ihren Stachelpanzer und wollte nicht berührt werden.

„Es gibt Bratwürste mit Kartoffelbrei zum Mittagessen. Du darfst mich heute beim Kochen nicht stören."

Auch das wusste er; sie musste sich auf ihr Orakel konzentrieren. Franz war ohne ein weiteres Wort nach unten gegangen und hatte das Frühstück gemacht.

Während ihm der morgendliche Wortwechsel durch den Kopf ging, betrachtete Franz die kleinen Soufflés, die auf der Arbeitsplatte in der Küche lagen. Sie waren zusammengefallen. Er überlegte, ob das in all den Jahren schon einmal vorgekommen war. Er konnte sich nicht erinnern. Angelika bemühte sich stets, die Pfitzauf so perfekt wie möglich zu machen. Allein das Schicksal sollte über sie bestimmen, nicht die Bäckerin. Wo um alles in der Welt war sie nur? Die Pfitzauf waren goldbraun; trotz ihrer zusammengesunkenen Form sahen sie appetitlich aus. Ihr Anblick schnürte ihm dennoch den Hals zu.

Franz hörte einen Schlüssel im Schloss der Haustür und eilte seiner Frau entgegen. Angelika stand vor ihm, atemlos und mit aufgerissenen Augen. Etwas war anders an ihr, er konnte nur nicht bestimmen, was es war.

„Sie ist tot!", sagte seine Frau ohne Umschweife.

„Tot? Wer?", fragte er, obwohl er es genau wusste.

Angelika erklärte nicht weiter, wen sie meinte. „Ich war bei ihrem Haus, um nachzusehen, und da waren schon ein Rettungswagen und Polizei." Ihre Augen leuchteten.

„Was hattest du dort zu suchen?", erkundigte sich Franz unbehaglich.

„Das sagte ich doch: Ich wollte nachschauen."

„Was denn nachschauen?"

Sie runzelte die Stirn als Zeichen ihrer Ungeduld. „Du hast den Pfitzauf selbst gesehen." Angelika schleppte ihn in die Küche und zeigte mit dem Finger auf die gefüllten Förmchen. „Da!"

„Aber das ist doch nur ein Gebäck …", erwiderte er hilflos. Er hatte ihre Obsession damit noch nie nachvollziehen können.

„Siebzehn Jahre kamen sie wohlgeformt und aufgegangen aus dem Ofen, nur heute nicht. Das war ein Zeichen!", beharrte sie.

Am Tag von Christians Geburt hatte Angelika Pfitzauf gemacht, erinnerte sich Franz, weil sie wusste, dass er sie so gern mochte. Sie war eine erfahrene Köchin und konnte hervorragend backen. Doch an jenem Tag waren sie zusammengefallen. Angelika hatte geweint und wollte sich kaum mehr beruhigen. Er hatte sie getröstet und ihre übertriebene Empfindsamkeit der Schwangerschaft zugeschrieben. Keine fünf Minuten danach hatte sie sich unter der ersten Wehe gekrümmt. Später hatte sie behauptet, es sei ein Zeichen gewesen, ein Vorbote des drohenden Unglücks. Zum allerersten Mal sei ihr der Pfitzauf missglückt, am Tag des Todes ihres Sohnes. Der Pfitzauf hatte es angekündigt, war zum Orakel geworden.

Er versuchte, ihren Gesichtsausdruck zu ergründen. Was er selbst angesichts der Nachricht vom Tod der Hebamme fühlte, wusste er nicht; er war vollauf mit Angelikas Empfindungen beschäftigt. War sie erleichtert? Zufrieden? Spürte sie Bedauern?

„Und jetzt …?" Zaghaft formulierte er die Frage und hoffte, seine Frau würde ihm etwas erklären.

„Es ist vorbei", entgegnete sie.

Er konnte nichts damit anfangen. „Wie ist sie gestorben?"

Angelika zuckte mit den Schultern. „Ein Unfall, soweit ich weiß. Sie ist aus dem Fenster gestürzt oder etwas Ähnliches. Der Polizist wollte es mir nicht sagen."

Ein Unfall also. Franz fühlte sich immer unbehaglicher.

Sie fuhr fort: „Es war ihr Schicksal, ihre gerechte Strafe. Ich frage mich nur, weshalb es so lange gedauert hat. Achtzehn Jahre …!"

Franz fühlte einen Knoten im Magen. Warum nur war sie dort gewesen? Wie war die Hebamme tatsächlich gestorben? Der Schweiß brach ihm aus und er wagte es sich nicht einmal vorzustellen, dass … Was, wenn … ? Konnte es sein, dass … ? Er kämpfte mit sich, während er das ausdruckslose Gesicht seiner Frau fixierte. Fast erstickte er an dem Klumpen, der ihm jetzt im Hals steckte. Er würgte daran herum, bekam kaum noch Luft, versuchte, ihn wegzuräuspern, zu ignorieren, die Ursache dafür zu unterdrücken, doch der Gedanke nahm immer mehr Gestalt an, drückte in seinen Kopf, zwang ihn, seine Befürchtung in Worte zu fassen: *War es möglich, dass Angelika sie umgebracht hatte?*

Da – es war heraus, er hatte es zu Ende gedacht! Sofort fühlte er sich leichter, das Atmen ging wieder freier und er schluckte. Angelika hatte sich über die Pfitzauf gebeugt und summte. Sie nahm die Förmchen in die Hand und holte die Soufflés heraus, schnupperte daran und warf sie in den Mülleimer.

„Warum hast du das getan?" Er konnte den Vorwurf in seiner Stimme hören und wusste selbst nicht, ob er nach dem Gebäck oder dem Mord fragte.

„Wir können sie doch nicht essen! Sie sind missraten und mit dem Tod im Bunde. Außerdem sind sie kalt", erklärte Angelika ruhig.

Vielleicht hatte sie den Verstand verloren. Er folgte ihr ins Wohnzimmer, wo sie an die offene Terrassentür trat und tief durchatmete.

„Wie schön das Wetter ist", meinte sie.

Franz forschte erneut in ihren Zügen. Er sah eine leise Andeutung von Frieden, aber kein Glück, keine Freude, keine Befriedigung. Auch keine Reue, Angst, Schuld und kein Grauen. Er wünschte, Angelika hätte irgendein Gefühl gezeigt. Es bereitete ihm Sorge, sie so zu erleben.

„Wie geht es jetzt weiter?", versuchte er noch einmal.

Seine Frau sah ihn an. „Ich weiß es nicht, wirklich nicht. Das kommt so unerwartet, und auch wieder nicht. Ich habe so lange auf diesen Tag gewartet, fast mein ganzes Leben lang, so kommt es mir vor. All die Jahre habe ich darauf gehofft, es gewünscht und herbeigesehnt, und nun bin ich überrascht. Ich hatte gedacht, ihr Tod würde mir eine tiefe Zufriedenheit bringen." Sie verstummte.

„Aber …?", hakte er nach.

„Ich weiß noch nicht, was daraus wird", entgegnete sie.

„Angelika." Franz flüsterte beinahe, als sie zusammen beim Abendbrot saßen, ganz wie immer. Alles war so, als wäre nichts geschehen. Eine Frau war tot, na und? Jeden Tag starben Tausende! Der Pfitzauf – das war ein Zufall gewesen, sonst nichts. Franz hatte keinen Appetit und Angelika aß mechanisch, als wäre sie nicht bei der Sache. Er wollte jeglichen Verdacht ignorieren, so tun, als wäre alles wie immer, doch zur selben Zeit bohrte die quälende Frage nach der Wahrheit in ihm.

Angelika sah auf. „Ja?"

„Du warst den ganzen Nachmittag weg. Du musst doch auch noch woanders gewesen sein!"

„Bestimmt, ich war bestimmt irgendwo."

Was ging in ihrem Kopf nur vor? „Und wo?"

„Beim Bäcker, in der Apotheke, ich war spazieren."

Beide Geschäfte waren am anderen Ende der Stadt, weit weg von dort, wo die Hebamme gewohnt hatte. Er schob ein Stück Käse auf seinem Teller hin und her. „Wann … wann hast du sie das letzte Mal gesehen? Ich meine, vor dem Unfall …"

„Ich kann mich nicht erinnern."

Oder willst du dich nur nicht erinnern?, erwiderte Franz in Gedanken.

Hatte sie es getan? Wollte er es überhaupt wissen? Wäre es nicht besser, im Ungewissen zu bleiben? Er konnte sich davon überzeugen, dass Angelika dieser Frau nichts zuleide getan hatte, wenn er sich nur anstrengte, redete er sich zu und fast glaubte er es. Offiziell würde es wahrscheinlich immer ein Unfall bleiben. Wenn er jedoch erst Gewissheit hatte, ließe es sich nie mehr verdrängen und leugnen. Doch was, wenn sie sich tatsächlich nicht mehr an ihre Tat erinnerte?

„Glaubst du wirklich, es war ein Unfall?" Er fixierte sie und hoffte, dass sie das Beben seines Kinns nicht bemerken würde.

Doch Angelika sah nicht einmal hoch, sondern hielt den Blick auf die Tischdecke gerichtet. „Was sollte es sonst gewesen sein? Wenn das Schicksal es vorsieht, dann stirbt man auch."

Ihm war heiß und kalt zugleich. „Was, wenn sie nicht gestorben wäre? Was dann? Was hättest du getan?"

„Sie ist doch gestorben, warum soll ich mir darüber Gedanken machen?"

„Es hätte doch sein können. Hättest du dann mit deinem Orakel aufgehört?"

Nun sah sie ihn doch an. „Das weiß ich nicht. Es hat recht behalten, nicht wahr?"

Er sah weg. „Ja, das hat es wohl."

Er musste noch weiter bohren, es war wie ein Stich, an dem man kratzt, auch wenn er schon blutet. „Glaubst du, das Schicksal braucht manchmal Hilfe? Ich meine, muss man ihm vielleicht ab und zu nachhelfen?"

„Kann sein, damit kenne ich mich nicht aus."

„Würdest du … würdest du nachhelfen, wenn es nötig wäre?" Er schluckte schwer, obwohl sein Mund staubtrocken war.

Angelika warf ihm einen rätselhaften Blick zu.

„Vielleicht. Schon möglich. Obwohl ich eher denke, dass das nicht nötig ist. Wenn etwas nicht eintrifft, dann war es nicht vom Schicksal vorgesehen." Sie wandte sich wieder ihrem Essen zu.

„Warst du jemals in ihrer Wohnung?", wagte er zu fragen.

„Nein", entgegnete sie.

Ihre Stimme hatte eine Schärfe, die nur jemand wahrnahm, der sie gut kannte. Franz sah, wie sie den Griff des Messers so fest umklammerte, dass ihre Knöchel schneeweiß wurden, und verstummte erschrocken.

Den Rest des Abends beobachtete er sie, suchte nach Anzeichen, nach einem Geständnis, nach Emotionen. Angelika hatte kaum etwas zu sagen und Franz wagte nicht mehr, zu fragen. Ihre Augen blickten ausdruckslos vor sich hin. Alles an ihr schien leer – ihr Körper war eine bloße Hülle, gedankenlos, gefühllos, ziellos. Er glaubte, zu verstehen, überlegte, womit sie die Leere füllen würde. Er hoffte auf bessere Tage, jetzt, da sie dieses Kapitel endlich schließen und hinter sich lassen konnten. Angelika konnte wiederentdecken, was Freude war, Liebe, Glück, Hoffnung, in kleinen Schritten, eine Zukunft sehen. Diese Leere war gut, sie war hilfreich, man konnte von Null beginnen und etwas Neues aufbauen.

Der Fernseher lief, ohne dass sie viel vom Programm mitbekamen. Angelika saß reglos neben ihm und blickte starr auf den Bildschirm; Franz war mit seinen Gedanken beschäftigt und behielt seine Frau im Auge. Sie gingen früh zu Bett. Natürlich, sie war sicher erschöpft nach diesem Tag. Er musste unheimlich anstrengend für sie gewesen sein, auch wenn sie nichts sagte oder zeigte. Sie wünschte ihm eine gute Nacht, drehte sich um und knipste ihre Nachttischlampe aus – ganz wie immer. Franz tat so, als würde er lesen. Als es dunkel im Zimmer war und er sich die Decke bis zum Kinn hochgezogen hatte, lauschte er auf die gleichmäßigen Atemzüge seiner Frau. Er konnte lange nicht einschlafen; erst weit nach Mitternacht gelang es ihm, seine wirren Gedanken wegzuschieben und sich zu entspannen.

Als Franz erwachte, schien die Sonne zum Fenster herein. Angelika hatte den Vorhang nicht richtig zugezogen und einen Spalt offen gelassen. Normalerweise ärgerte ihn das, doch nicht an diesem Tag. Er fühlte sich optimistisch und tatendurstig und hatte zu einer Entscheidung gefunden. Ja, eine Frau war tot, doch er hatte damit nichts zu tun und konnte es nicht mehr ändern. Für ihn bedeutete es, dass eine achtzehnjährige Dunkelheit zu Ende gegangen war. Mit diesem Morgen brach ein neues Leben an! Er würde nicht mehr daran rühren und Angelika keine Fragen stellen. Er würde einfach von ihrer Unschuld ausgehen, und warum auch nicht, solange es das war, was die Polizei dachte?

Er streckte sich genüsslich, dann lehnte er sich zu Angelika hinüber, um sie zu wecken. Sacht berührte er ihre Wange, um zärtlich darüberzustreichen. Sie fühlte sich so kalt an. Er beugte sich über sie. Angelika atmete nicht. Fassungslos setzte Franz sich auf und sah auf den toten Körper neben sich. Eine leere Hülle, schoss es ihm durch den Kopf, nichts als eine leere Hülle.

Pfitzauf mit Vanilleeis, Himbeeren und Himbeersauce

Dessert   Rezept für 4–8 Personen

Zutaten Teig:
180 g gesiebtes Weizenmehl
375 g Frischmilch
90 g zerlassene Butter – bitte nur lauwarm schmelzen
4 frische Landeier
1 Prise Salz

Außerdem:
Vanilleeis
frische Himbeeren
Himbeersauce

Zubereitung:
8 Pfitzauf-Formen mit zerlassener Butter einstreichen und mit Mehl bestäuben. Umluftofen auf 220 Grad einstellen.

Das gesiebte Mehl und 190 g Frischmilch verquirlen. Danach die Eier sowie die lauwarme, zerlassene Butter dazugeben und glattrühren. Nun die restliche Milch auf genau 28 Grad erwärmen und unter die Mehlmasse rühren.

Die Pfitzaufmasse ist nun fertig und sollte ca. 30 Minuten im Kühlschrank ruhen.

Nun die Formen bis maximal zur Hälfte füllen (das ist die Mehlpfütze) und in den heißen Backofen stellen: 10 Minuten bei 220 Grad und danach 10 Minuten bei 210 Grad.

Ofen während des Backens nicht öffnen – erst nach der Backzeit! Die Pfitzauf aus der Form stürzen und mit Puderzucker bestreuen. Anrichten mit einer Kugel Vanilleeis, frischen Himbeeren und etwas Himbeersauce.

Dieses köstliche Rezept wurde freundlicherweise von der Familie Häcker aus der „Häckermühle" in Tiefenbronn zur Verfügung gestellt.

Restaurant Hotel Häckermühle
Im Würmtal 5
75233 Tiefenbronn
Telefon: 07234 4246 + 6111
www.haecker-muehle.de

Bettina von Cossel

Bye-bye, Frau Doktor

„Sie haben eine ausgezeichnete Wahl getroffen", flötete Lisa Schütze und schenkte ihrem Kunden einen wohleinstudierten Augenaufschlag, der sich über die Jahre hinweg immer wieder bewährt hatte. „Dieser Schliff, das aufregende Funkeln des Diamanten ..." Sie drehte den Ring zwischen ihren Fingern. „Als sprühten im Licht lauter feine Goldsternchen um ihn herum." Vorsichtig steckte sie den Mehrkaräter in die Halterung der mit Seide ausgespannten Geschenkbox. „Es soll wahrscheinlich ein Verlobungsgeschenk sein?"

Der junge Mann strahlte sie an. „Heute Abend will ich meine Freundin fragen. Ich bin schon ganz aufgeregt. Gar nicht einfach, zu entscheiden, wie und wo ich es machen soll."

Lisa nickte so interessiert wie möglich. Schließlich konnte sie einem Kunden, der im Begriff war, Tausende für diesen Klunker auf den Tisch zu legen, schlecht sagen, wie sehr ihr das Thema zum Hals heraushing. „Verlobungen sind herrlich romantisch."

Ihr Kunde schien das auch zu finden. Romantisch, genau so hätte er es haben wollen, gestand er ihr, sei aber durch die vielen Möglichkeiten noch immer ganz verwirrt. Zuerst habe ihm vorgeschwebt, seine Freundin abends zu sich einzuladen, wo sie dann die Wohnung in Dunkelheit getaucht vorgefunden hätte – lediglich erhellt von einem Weg aus Kerzen, der geradewegs zu ihm und dem Verlobungsring führte.

Ins Schlafzimmer, nahm Lisa an und fragte sich, ob sie diese Masche auch in ihrem eigenen Liebesleben verwenden konnte.

„Leider bin ich wieder davon abgekommen, wegen der Feuergefahr. Meine Freundin ist nämlich ein wenig ängstlich."

„Und wie machen Sie es jetzt?"

Er lächelte in seliger Vorfreude. „Wir gehen essen, in ein romantisches Restaurant an der Bergstraße. Wenn der Kellner mit dem Nachtisch-Trolley vorfährt, kommt's: Auf dem Rand ihres Desserttellers steht: *Willst du mich heiraten?*, mit Schokoladensauce geschrieben, und in der Tellermitte diese hübsche Geschenkbox mit dem Ring. Sogar ihre Lieblingsnachspeise habe ich bestellt: Kartäuserklöße. Wir haben schließlich was zu feiern."

Vorsichtig nahm Lisa die Schachtel hoch und warf einen letzten neidischen Blick auf den funkensprühenden Inhalt, bevor sie sie zuschnappen ließ. „Was für ein

Glück, dass die Box hellblau ist", sagte sie und band eine Schleife darum. „Genau wie bei *Tiffany's*."

Als Lisa eine halbe Stunde später durch die golden verzierte Glastür auf die Ladenburger Hauptstraße trat, atmete sie tief durch. Der Job machte ihr Spaß, keine Frage. Welches Mädchen wäre nicht gerne tagein, tagaus von Juwelen umgeben? Herr Seereither, ihr Boss, lieh ihr sogar ab und zu das eine oder andere Schmuckstück, wenn sie ausgehen wollte. Sehr anständig von ihm und bestimmt nicht gemäß der Versicherungsbestimmungen. Die Sache war nur, dass es sie allmählich deprimierte, die Verlobungsringe zu verkaufen, die all die verliebten Gockel scharenweise bei Seereither erstanden. Von Zeit zu Zeit brachten sie ihre Bräute gleich mit, um zu sehen, welches Design sie besonders mochten.

Kaum zu glauben, wie unansehnlich manche dieser Mädchen waren. Lisa hatte nicht die leiseste Ahnung, wie diese untersetzten Trampel es geschafft hatten, sich einen Mann an Land zu ziehen, sie selbst jedoch nicht – trotz ihrer atemberaubenden Figur, der sündhaft teuren Dauerwelle und der seidigen Unterwäsche von *Victoria's Secret*.

„Wahrscheinlich sind sie einfach so klug gewesen, sich an Männer zu halten, die noch zu haben sind", brummte Lisa und gestand sich zum tausendsten Mal ein, dass ihre langjährige Affäre mit Stephan Eberstein vollkommen hirnrissig war. Ein Verhältnis mit einem verheirateten Mann, der sich nicht entscheiden konnte, trug nichts zu ihrer Hoffnung bei, irgendwann einmal im Hafen der Ehe zu landen – ein Traum, den sie durchaus noch nicht aufgegeben hatte. Besonders jetzt nicht, da sie geradewegs auf die magische Dreißig zusteuerte.

Wer hätte damals, als sie ihn kennenlernte, geahnt, dass sie seinetwegen auf dem besten Weg war, eine alte Jungfer zu werden? Dabei liebte sie ihn nicht einmal. Eines Samstagnachmittags war er nach einem ausgiebigen Blick durch die Fensterscheibe leicht angesäuselt im Juweliergeschäft aufgekreuzt, um eine Kette für „einen Engel" zu kaufen. Später hatte sie herausgefunden, dass er sich mit seiner Frau gezankt und wütend einen über den Durst getrunken hatte. Nach einem langen, verschwommenen Blick in ihre Augen, bei dem sie schon gedacht hatte, er fühle sich vielleicht nicht wohl, hatte er gesagt: „Blau. Mein Engel hat blaue Augen – ich brauche eine Kette mit Saphiren."

In der Hoffnung, dass in seiner Brieftasche eine goldene Kreditkarte steckte, hatte sie ihm natürlich nicht gleich das billigste Modell gezeigt.

„Warum ziehen Sie die Kette nicht an", hatte er sie lallend gebeten, „damit ich sehe, wie mein Engel damit aussieht."

Und das war's dann gewesen, eine richtige Cinderella-Story. Er hatte das teure Stück tatsächlich gekauft, aber auf Lieferung zu ihm in die Arztpraxis bestanden – mit ihr persönlich als engelhafter Botin, verstand sich. Da hatte sie ihn dann noch am selben Abend aufgesucht, mit der Wahnsinnskette um den Hals, und herausgefunden, dass auch er auf *Victoria's Secret* stand und dass es von ihm noch viele glitzernde Saphirketten geben würde, wenn sie ein bisschen nett zu ihm war. Was ihr nicht gerade schwer gefallen war. Stephan Eberstein verstand mehr von Frauen als alle ihre ehemaligen Liebhaber zusammen. In seinem Bett fühlte sie sich tatsächlich wie ein Engel. Sein persönlicher Engel der Lust, der gemeinsam mit ihm hoch oben im Himmel der Glückseligkeit schwebte und sich auf Erden mit schicken Kleidern und Schmuckstücken zieren durfte, die er ihr immer wieder schenkte. Sogar eine Wohnung über seiner Praxis hatte er ihr eingerichtet. Nur von Scheidung sprach er nie und wechselte sofort das Thema, wenn sie darauf kam. Was ihn bei seiner Alten hielt, wusste Gott allein, bei dieser eingebildeten Tussi mit dem fetten Arsch und dem affektierten Gehabe. Aber sie hatte etwas zu sagen, als Frau des angesehensten Arztes von Ladenburg. Sie war sogar zur *Frau Doktor* erhoben worden, obwohl sie bestimmt nicht studiert hatte, doof wie sie aussah.

Lisa zog die Augenbrauen zusammen. Was sollte sie also machen außer gute Miene zum schlechten Spiel? Zielstrebig überquerte sie die Straße und steuerte auf die Wäscheboutique zu, die neulich eröffnet hatte. Heute Abend wollte Stephan seinen Engel ausführen, hatte er ihr ins Ohr geraunt, zusätzlich zu ihren mittäglichen Treffen. Es warte eine kleine Überraschung auf sie … Ob er die entzückenden Ohrstecker meinte, die Juwelier Seereither neulich in seinem Auftrag kreiert hatte?

Leise „I wanna be loved by you …" vor sich hinsummend drückte Lisa die Klinke hinunter und betrat die berauschende Welt seidiger Dessous und schimmernder Negligés, die selbst die Reize der verführerischsten Trägerin noch um einiges erhöhten.

„Du wirst schon sehen, Stephan-Darling", murmelte sie und strich zärtlich über einen Büstenhalter aus goldfarbener Seide. „Über kurz oder lang liege *ich* mit dir im Ehebett."

„Sehr schön", murmelte Lisa und begutachtete ihre frisch lackierten Fingernägel. Dieses Neon-Pink war eine wirkliche Entdeckung, mal etwas anderes als das klassische Rot, das sie normalerweise bevorzugte. Ich sollte in Zukunft mehr wagen, überlegte sie und fächelte ihre gespreizten Finger zum Trocknen durch die Luft. Beim Make-up ebenso wie bei den Männern.

Vorsichtig griff sie nach dem Weinglas, das halb gefüllt auf dem gläsernen Couchtisch stand, und führte es langsam zum Mund. Ein winziges Stück Kork trieb auf der Oberfläche, aber mit dem frischen Nagellack war nicht daran zu denken, es herauszufischen. Der Abend war mal wieder vollkommen anders gelaufen als geplant. Dabei hatte es als Nachspeise Kartäuserklöße gegeben, das gleiche himmlische Dessert, das ihr Kunde und seine Verlobte jetzt wohl auch aßen, nachdem er ihr den Brilli an den Finger gesteckt hatte. Einen winzigen Moment lang hatte sie tatsächlich gehofft, dass Stephan ebenfalls etwas Besonderes plante, aber es war die übliche Tour gewesen: ein romantisches Dinner in der ‚Ladenburger Stub‘, „ihrem" Restaurant, in das er sie immer ausführte, wenn er sich mit ihr in die Öffentlichkeit wagte, und anschließend ein heißer Quickie in ihrer Wohnung. Es durfte nicht zu spät werden, damit seine Frau keinen Verdacht schöpfte. Die gute Frau Doktor dachte, er säße über der Abrechnung.

Lisa machte sich nichts vor. Stephan war nicht der einzige Mann um die Fünfzig, der sich mit einem Betthäschen die Midlife-Crisis versüßte, aber ihre biologische Uhr tickte. Sie wollte heiraten und Kinder bekommen. Stattdessen steckte sie in einer Sackgasse. Sex am Mittag, das war ihr tägliches Ritual mit Stephan, und nachmittags stand sie dann im Juwelierladen und lächelte die Kunden an – und das seit Jahren. Schlag zwölf, sobald seine Sprechstundenhilfe zum Essen gegangen war, schlich der allseits respektierte Arzt in ihre Wohnung hoch, um sich ein Stündchen verwöhnen zu lassen. Lisa konnte gar nicht mehr zählen, wie oft sie dort auf ihn gewartet hatte, nackt, in Strapsen und mit einer Salamipizza im Ofen. Der Herr Doktor war ein hungriger Mann, in jeder Beziehung.

Lisa verzog den Mund. Dass seine Frau ihn sexuell nicht mehr reizte, war klar. *So* unglücklich, dass er sich scheiden lassen wollte, war er mit seiner Angetrauten aber nicht. Doch damit war jetzt Schluss. Nach all den Jahren als Betthäschen wollte sie mehr. Er brauchte sich nicht einzubilden, sie noch länger mit Schmuck und ein paar netten Kleidern abfertigen zu können.

Nachdenklich betrachtete sie ihr Weinglas. Was, wenn seine Frau nun unglücklich mit *ihm* wäre? Wenn sie herausfände, dass ihr biederer Göttergatte fremdging? Ein heißer Adrenalinschauer durchschoss ihren Körper. Die beiden würden sich scheiden lassen, und ihrer eigenen Ehe mit Stephan stünde nichts mehr im Weg. Sie verzog den Mund, erstaunt über ihre eigene Bosheit. „Dann wollen wir doch mal dafür sorgen, dass Herrn Dr. Ebersteins Geheimnisse nach so vielen Jahren endlich ans Licht kommen."

Feierlich erhob sie ihr Glas. „Auf Stephans bevorstehende Scheidung und auf mich, die zukünftige *Frau Doktor*."

„Eberstein."

„Restaurant ,Ladenburger Stub' hier", flötete Lisa in den Hörer, ganz die professionelle Rezeptionistin. „Gut, dass Sie selbst am Apparat sind, Frau Doktor. In unserer Garderobe ist ein Kleidungsstück hängengeblieben, und da Sie heute Abend mit Ihrem Herrn Gemahl bei uns waren, dachten wir, dass sie vielleicht Ihnen gehört. Eine rosafarbene Cashmerestola mit Fransen."

Am anderen Ende der Leitung blieb es still. Ungläubig still, lächelte Lisa. Die Gute muss erst mal kapieren, was ich da gerade gesagt habe. „Frau Eberstein, sind Sie noch am Apparat?"

„Ja, natürlich", klang es lahm aus dem Hörer. Die liebe Frau Doktor war wieder zu sich gekommen. „Rosa mit Fransen, sagen Sie? Nein, tut mir leid, die Stola gehört nicht mir. Ein anderer Gast muss sie wohl vergessen haben."

„Dann entschuldigen Sie bitte die Störung. Einen schönen Abend noch, und beehren Sie uns bald wieder."

Grinsend legte sie auf. Besser hätte es nicht klappen können. Wenn Stephans Frau nicht völlig auf den Kopf gefallen war, würde sie eins und eins zusammenzählen und ihrem Angetrauten die Hölle heiß machen.

Wohin soll der arme Kerl schon flüchten als zu mir? Verträumt schloss Lisa die Augen. Bald schon würde sie als strahlende Braut aus der Kirche treten, ganz in Weiß und Seite an Seite mit dem lächelnden Dr. Eberstein. Eine Hochzeit im Frühling wäre schön, wenn die Bergstraße blühte.

Mit einem Ruck fuhr Lisa aus dem Schlaf hoch.

„Stephan", entfuhr es ihr, als sie merkte, wer sie geweckt hatte. „Was machst du hier?" Sie tastete nach ihrer Nachttischlampe.

„Lass das Licht aus", flüsterte er heiser in ihr Ohr. „Es braucht keiner zu wissen, dass ich hier bin. Meine Frau …"

Jede Wette, dass sie ihn rausgesetzt hatte. Endlich.

„Was ist mit ihr?"

Er setzte sich auf die Bettkante. „Sie ist unten im Auto", sagte er mit eigenartig rauer Stimme. „In einen Teppich gerollt."

Mein Gott, er hat sie umgebracht! Damit hatte sie nicht gerechnet. Er hatte sie tatsächlich umgebracht! Die beiden mussten wegen der Restaurant-Sache in Streit geraten sein. Sie stöhnte. Dass ihr kleiner Trick so enden würde, hatte sie nicht kommen sehen.

„Lisa, hörst du mich? Du musst mir helfen, die Leiche loszuwerden."

„Ich?" Sie fröstelte, obwohl sie noch immer im warmen Bett lag. Das meinte er hoffentlich nicht im Ernst. „Ich will damit nichts zu tun haben."

„Du musst aber. Für mich allein ist sie zu schwer. Der Teppich wiegt schon so viel, dass man ihn kaum schleppen kann, und mit ihr drin ..." Er begann ihren Nacken zu massieren.

Langsam entspannte sie sich unter dem Druck seiner Hände, die schmeichelnd ihren Haaransatz streichelten. Er hat Recht, schoss es ihr durch den Kopf, die Tote muss weg. Schnellstmöglich und auf Nimmerwiedersehen.

„Wohin bringen wir sie?", fragte sie und richtete sich auf. „In den Wald?"

„Zu gefährlich", erklärte er knapp und ließ von ihrem Nacken ab. „Ich will nicht, dass sie gefunden wird. Wenn jemand ihre Leiche entdeckt, fällt der Verdacht sofort auf mich. Komm, zieh' dich an", drängte er sie. „Wir haben nicht viel Zeit, bevor alle aufwachen. Schließlich soll nicht ganz Ladenburg mitkriegen, dass wir eine Tote im Kofferraum haben."

„Verdammt, das ist ja *mein* Wagen", fuhr Lisa ihn an, als sie die Bescherung bemerkte: Der Perser lag wohlverschnürt im Kofferraum ihres VW-Kombis. „Wieso hast du nicht dein Auto genommen?"

„Es sprang nicht an", antwortete er kurz und streifte seine Lederhandschuhe über, wie immer beim Autofahren. „Die Batterie, nehme ich an."

Ach, und da hatte er sich einfach ihren Wagen ausgeborgt? Lisa ließ sich auf den Beifahrersitz sinken. „Ist das etwa auch mein Teppich, in den du sie gewickelt hast?"

Stephan schaltete wie abwesend in den ersten Gang. „Sei doch vernünftig. Du hast mir den Teppich förmlich aufgezwungen, damit ich ihn zur Müllhalde bringe."

„Und warum ist er nicht dort?"

„Ich entsorge ihn ja. Genau in diesem Moment."

Mitten in der Nacht? „Du glaubst doch nicht im Ernst, dass die jetzt offen haben? Willst du die Leiche über's Tor werfen?"

„Reg' dich nicht auf. Wir fahren nicht zur Mülldeponie, sondern nach Dossenheim auf den Berg und werfen sie den Steinbruch runter. Ich kenne da eine Stelle, wo die Absperrung kaputt ist. Gott und die Welt lädt da Müll ab. Kein Mensch wird denken, dass das etwas anderes ist als ein alter Teppich." Er lächelte. „Es hat eine ganze Weile gedauert, ihn so zu verschnüren."

Lisa atmete tief durch. Die Situation, in der sie sich befand, erinnerte entschieden an eine Szene aus einem schlechten Film. *Ihr Auto, ihr Teppich und ihre Nebenbuhlerin.* Wenn jemand die Leiche findet, bin ich dran, dämmerte es ihr.

Sie schwiegen, während der Wagen in gemäßigtem Tempo über Neubotzheim nach Dossenheim fuhr, und von dort der sich windenden Straße durch den Wald den Berg hinauf folgte. Stephans Frau ist tot, ging es Lisa durch den Kopf. Tot, kalt und im Kofferraum. Sie fröstelte. Noch vor wenigen Stunden hatte sie selbst davon geträumt, Frau Dr. Eberstein zu werden, mit einer Mitgliedschaft im Tennisclub und den wöchentlichen Besuchen im Schönheitssalon. Jetzt nicht mehr. Nicht, nachdem Stephan einen Mord begangen hatte. Er machte ihr Angst.

Der Wagen hielt genauso leise und unauffällig, wie er gefahren war. Die Scheinwerfer erhellten die Klippe zum ehemaligen Steinbruch, wo die Absperrung tatsächlich niedergerissen war.

„Wir sind da", sagte Stephan. „Jetzt muss nur noch der Teppich da runter, dann ist alles vorbei. Ist doch gar nicht so schlimm."

Lisa schenkte ihm einen anklagenden Blick. Als ob es nicht schlimm wäre, eine Leiche wegschaffen zu müssen. „Gut", murmelte sie und stieg aus dem Wagen. „Bringen wir's hinter uns."

Gemeinsam packten sie den Teppich, jeder an einem Ende. Er war schwerer als sie gedacht hatte, aber schließlich war Stephans piekfeine Ehefrau darin eingerollt, die ehrenwerte Frau Doktor.

„Mist", stöhnte sie, als sie den Perser mit Müh' und Not aus dem Kofferraum gehievt hatten. „Das pack' ich nicht."

„Wir müssen hinter die Absperrung und ihn über den Rand schubsen", antwortete er schwer atmend. „Dann ist er weg."

„Gut, und danach nichts wie nach Hause."

Mit vereinten Kräften hoben sie den Teppich über die Absperrung, rollten ihn an den Abgrund und schauten in die Tiefe.

„Wer da runterfällt, ist garantiert hin", murmelte Lisa. „Hoffentlich öffnet sich beim Aufprall nicht die Verschnürung."

„Keine Sorge. Die Knoten sitzen bombenfest. Der Teppich kommt genauso unten an, wie er oben runterfällt."

„Okay dann. Schubsen wir ihn runter."

Sekunden später kippte der Perser über die Kante. Geschafft. Lisa richtete sich auf und sah auf die dunkle Halde hinab. *Bye-bye, Frau Doktor.* Da unten, im Unterholz zwischen dem anderen Müll, würde sie so schnell niemand finden. Sie drehte sich um.

Es traf sie wie ein Schock, als Stephan ihr einen unerwarteten Stoß versetzte. Was zum …? Sie sah ihn erstaunt an, als sie rückwärts über die Steilkante hinweg in die Tiefe stolperte.

Während sie fiel, tiefer und tiefer, überkam sie plötzlich die Erkenntnis, dass *sie* es war, deren Leiche morgen im Steinbruch gefunden würde. In den Perser war gar nichts gewickelt, höchstens ein anderer Teppich. Frau Dr. Eberstein mit ihrem fetten Arsch schlief friedlich in ihrem Ehebett und hatte wahrscheinlich noch nicht einmal gemerkt, dass ihr Mann nicht neben ihr lag.

Oh Gott, dachte Lisa und warf einen verzweifelten letzten Blick auf die Sternenpracht über ihr, er will nicht seine Frau loswerden, sondern mich!

Stephan Eberstein wandte sich um und und machte sich zu Fuß auf den Heimweg nach Ladenburg. Nach wenigen Metern blieb er stehen und blickte zurück.

Einsam stand Lisas Kombi oberhalb des Steinbruchs, der Strahl der Scheinwerfer durchschnitt die Dunkelheit der Nacht. Den Wagenschlüssel hatte er im Zündschloss stecken lassen. Er lächelte. Es war immer ein erhebendes Gefühl, ein Problem gelöst zu haben, aber diesmal war es eine kleine Feier wert. Schließlich beging man nicht alle Tage seinen ersten Mord.

„Pech gehabt", sagte der Forstarbeiter in den ersten Strahlen der Morgensonne und sah auf die Tote, die zerschmettert zu seinen Füßen lag. „Das kommt davon, wenn man seinen Perser nachts über den Steilhang schmeißt."

Sein Kumpel neben ihm nickte. „Alles für so einen Scheißteppich." Er verabreichte der Rolle einen Tritt.

Dann gingen sie zum Wagen, um den Notruf durchzugeben.

Kartäuserklöße

Dessert   Rezept für 6 Personen

Zutaten Klöße:
½ l Milch
6 Milchbrötchen vom Vortag
Zimt & Zucker
Butter

Zubereitung:
Von den altbackenen Milchbrötchen die Kruste abreiben, die Brötchen in der Milch
etwa 30 Minuten einweichen. Die abgeriebene Brötchenkruste mit Zimt und Zucker
mischen.
Die Brötchen einzeln aus der Milch nehmen und gut ausdrücken, anschließend mit der
Zimt- und Zuckermischung rundum panieren. Die Brötchenmasse in einer Pfanne mit
heißer Butter goldgelb ausbraten.

Zutaten Vanillesauce:
200 ml Sahne
500 ml Milch
1 Vanilleschote
1 EL Zucker
2 Eier
1 TL Speisestärke

Zubereitung:
Die Eier trennen und aus der Vanilleschote das Mark kratzen. Die Sahne, die Milch und das
Vanillemark in einem Topf zum Kochen bringen. Den Zucker mit dem Eigelb und der Speisestärke verrühren und vorsichtig in die kochende Sahnemischung rühren. Einmal kurz aufkochen lassen und durch ein feines Sieb passieren.

Anrichten:
200 g frische Himbeeren vorsichtig waschen und mit einem Küchentuch trocken tup-
fen. Die Kartäuserklöße auf dem Teller anrichten, die Beeren im Halbkreis um die Klöße
drapieren. Anschließend die Vanillesauce um die Klöße gießen und zum Abschluss mit
einem frischen Minzeblatt dekorieren.

Dieses köstliche Rezept wurde freundlicherweise von Herrn Heinz Jäger, dem Inhaber des Gasthauses „Zum Ochsen" in Ladenburg zur Verfügung gestellt.

Gasthaus „Zum Ochsen"
Hauptstraße 28
68526 Ladenburg
Telefon: 06203 14828
www.ochsen-ladenburg.de

Anette Butzmann

Brüder

Vielen Dank, dass Sie gekommen sind. Ich sorge mich um einen unserer Gäste. Um einen unserer Stammgäste.

Entschuldigung, ich habe mich noch gar nicht vorgestellt. Mein Name ist Darko Stjevo, ich bin hier der Restaurantleiter. Ich bin ein bisschen verwirrt, verstehen Sie. Diese Ereignisse in der letzten Zeit, das war doch sehr viel für mich – neben der ganzen Arbeit.

Am besten erzähle ich alles von Anfang an.

Ivo Jovanovic kommt üblicherweise jeden Dienstag, Donnerstag und Sonntag zu uns in das Gasthaus am Rhein. Ich glaube nicht, dass er sich an den übrigen Tagen überhaupt etwas kocht. Jedenfalls isst er sonntags immer ein Fischgericht. Jetzt im Spätsommer haben wir exzellenten Zander auf der Speisekarte. Aber Jovanovic ist nicht wählerisch. Er nimmt notfalls auch Heringe in Sahnesoße, wenn der andere Fisch aus ist. Auf jeden Fall: Donnerstag vor drei Wochen – den Termin kann ich mir gut merken, da hat meine Nichte Geburtstag – an dem Tag dachte ich mir noch, hoffentlich ist Jovanovic pünktlich. Er wollte mir ein Geschenk für die kleine Ana mitgeben und ich musste möglichst schnell nach Hause. Und da ist er das erste Mal nicht gekommen. Unvorstellbar, nachdem er fast drei Jahre regelmäßig da war. Telefonisch war er auch nicht zu erreichen. Am darauffolgenden Sonntag kam er wieder nicht und da hatte ich mir bereits vorgenommen: Wenn Jovanovic am Dienstag immer noch fehlt, rufe ich seine Betreuerin an.

Wie? Ach ja, Entschuldigung, ich hatte es ganz vergessen zu erwähnen: Ivo Jovanovic ist behindert und sitzt im Rollstuhl. Warum? Das hat er nie gesagt, von sich erzählt er fast nie etwas.

***

Ich bin Herrn Jovanovic üblicherweise zugeteilt, aber seit Kurzem nicht mehr. Dass Herr Jovanovic auf einmal gar nicht mehr auf meinem Pflegeplan stand, hat mich schon gewundert, und ich habe auch bei Frau Rain nachgefragt, aber sie wusste nur, dass sein Bruder den Pflegedienst telefonisch abbestellt hat. Die Unterlagen zur Vertragsauflösung sind allerdings bisher noch nicht zurückgeschickt worden, das hat mich schon stutzig gemacht, besonders, nachdem der Herr vom Restaurant hier angerufen hat. Aber hier ist immer so viel los – ich hatte einfach keine Zeit, mich darum zu kümmern.

Ob ich wusste, dass Herr Jovanovic einen Bruder hat? Wenn Sie mich so fragen … Nein, er hat eigentlich nie etwas Privates erzählt. Manche Kunden sind eben nicht so offen. Ehrlich gesagt wurde ich mit Herrn Jovanovic nie richtig warm. Er hatte so etwas Schwermütiges. Aber das ist ja kein Wunder, wenn man schon seit fünfzehn Jahren im Rollstuhl sitzt und kein Arzt je herausgefunden hat, an was es eigentlich liegt.

Doch, doch, wir halten schon Kontakt mit den Hausärzten, und bei Herrn Jovanovic habe ich auch mit dem Psychotherapeuten öfter mal gesprochen.

Mein Gott, ich hoffe, ich darf Ihnen das alles jetzt überhaupt sagen, wegen des Datenschutzes und so! Falls nicht, Sie erzählen es nicht weiter, verstanden?

Unter uns: Er war eigentlich grundsätzlich gesund. Keine Querschnittslähmung, keine sonstigen orthopädischen Erkrankungen. Eines Tages soll er umgefallen sein und konnte nicht mehr laufen. Seitdem sitzt er im Rollstuhl. Eine komische Sache. Zu Beginn hatte ich eigentlich noch geglaubt, er würde hier in Deutschland auf krank machen, damit er nicht arbeiten gehen muss. Aber der Muskelabbau war so weit fortgeschritten, dass es für ihn unmöglich war, auch nur einen Schritt zu gehen. Und dass jemand freiwillig fünfzehn Jahre im Rollstuhl sitzt … Nein, da gibt es wahrlich einfachere Möglichkeiten. Jovanovic hat mir wirklich leid getan und ich habe ihn nach meinen Möglichkeiten unterstützt.

Jeden Dienstag, Donnerstag und Sonntag habe ich ihn zum Gasthaus am Rhein gebracht und er hat mich jedes Mal zum Essen eingeladen. Wir dürfen das natürlich nicht annehmen. Ich habe einfach einen Spaziergang gemacht und ihn danach wieder abgeholt, das letzte Mal vor ungefähr drei Wochen. Meinen Sie, es ist ihm was passiert?

***

Nach dem Telefonat mit der Betreuerin vom Pflegedienst war ich natürlich erst recht beunruhigt. Sie müssen wissen, Herr Jovanovic und ich kennen uns auch von der HKZ. Das ist ein kroatischer Verein in Mannheim. Er ist nicht so oft dort, aber ich und meine Familie treffen dort regelmäßig andere Landsleute. Ach, Sie wussten nicht, dass er Kroate war? Wie recherchieren Sie eigentlich? Das muss Ihnen doch auffallen. Jovanovic ist ein typisch kroatischer Nachname, wie Petersen in Hamburg oder Müller – na ja, Müller gibt es ja überall. Auf jeden Fall war er ein gern gesehener Gast in unserem Verein.

Also, nachdem ich mit der Betreuerin telefoniert hatte – das war direkt an dem Dienstag – habe ich versucht, Herrn Eichbauer telefonisch zu erreichen. Aber da war nichts zu machen, immer kam nur die Mailbox. Und erst als ich wegen der ganzen Aufregung in Kroatisch auf den Anrufbeantworter geschrien habe, hat er zurückgerufen. So ist das hier in Deutschland. Ein Hausmeister ist eben ein Hausmeister, da kann sonst was passieren, dem Hausmeister ist das egal. Zuerst wollte er mich gar nicht in die Wohnung lassen. Polizei, Polizei, sagte der die ganze Zeit und ich sagte immer: Wir müssen erst mal sehen, was da los ist. Hinterher ist Jovanovic nur krank und dann?

***

Des war vielleischt a komischi Sach. Isch kumm grad friedlisch aussem Urlaub vun Kreta, bin noch in Urlaubsstimmung, do her isch de Orufbeantworter ab: Acht Orufe in drei Daag! Der Monn hot doch was an der Erbs, denk isch im erschde Moment. Un donn hawwisch mer ä Herz gnumme un den ogerufe, weil der hot sisch werklisch Sorge gemacht um den Jovanovic. Awwer dass der donn in die Wohnung wollt, des war mer gar net reschd. Isch kenn den doch gar net! Un Migration hie odder her: Hinnerher schließ ich dem uff und der bringt en Haufe von seine Leit mit und haut mer änne iwwer de Kopp. Un die Polizei sollt isch aa net rufe! Wisse se, isch bin ken misstrauischer Mensch, awwer ma muss schun ä bissel uffbasse.

Awwer weil der net bees ausgsehe hod, hawwisch mei Wasserzong mitgenumme un ihm halt die Wohnung uffgschlosse. Isch hoff, des war jetzt net vakehrt. Im Endeffekt war donn gar nix weider. Der Monn is allää mit mir in die Wohnung und hot sisch alles ogeguckt. Ä bissel unordentlisch war des jo schun. Der Jovanovic sitzt jo im Rollstuhl un is allää, wisse Se, do konn net alles glänze.

Zum Schluss hawwisch mer noch gedenkt, so en gude Freund möscht isch a mol hawwe, der noch mer guckt. Isch weeß net, ob eener vum Schdommdisch des Gleiche für misch gedoh hätt, ehrlisch.

***

Die Wohnung sah im ersten Moment aus wie immer. Doch dann sah ich das Rotweinglas im Wohnzimmer. Ivo, also Herr Jovanovic, musste also irgendwann Besuch gehabt haben, denn er selbst hat nie Alkohol getrunken. Auch nicht zum Fisch, obwohl ein Glas Weißwein ganz hervorragend dazu passt. Auf jeden Fall: Im

Schlafzimmer standen alle Schränke offen. Und ganz oben auf dem Schrank hat jemand Bettzeug abgelegt. Also, die Betreuerin war das bestimmt nicht. Da dachte ich mir: Da hat jemand für Jovanovic den Koffer gepackt. Und dann war ich erst recht alarmiert. Und abends zu Hause hat meine Frau dann gesagt, ich soll doch den Marko mal anrufen. Das war wirklich eine gute Idee, eine dieser guten Ideen, die meine Frau immer wieder hat. Die kann wirklich nichts aus der Ruhe bringen, nicht einmal ich.

Also auf jeden Fall: Marko ist ein guter Bekannter von Ivo; Freund kann man nicht sagen, aber ein guter Bekannter ist er schon. Die beiden kennen sich noch aus Osijek. Ich glaube, die haben zusammen studiert, Maschinenbau oder so was. Während des Krieges sind sie zusammen geflohen. Da konnte er auch noch laufen, hat Marko mir mal erzählt.

Ich kann mir gar nicht vorstellen, wie man 1995 überhaupt irgendwie aus dem Chaos rauskommen konnte. Ich selbst war glücklicherweise zu der Zeit in Deutschland, ich bin schon immer hier gewesen. Aber im Herzen war ich auch ein bisschen da drüben, in Kroatien. Meine Eltern und ich haben vor dem Krieg immer wieder Urlaub bei der Oma gemacht, Ferien auf dem Bauernhof, verstehen Sie? Dort habe ich auch viel über das Schlachten gelernt, über den Anbau von Gemüse, überhaupt über Lebensmittel. Ich glaube, ohne meine Oma und Kroatien wäre ich gar nicht hier im Restaurant gelandet und vielleicht so ein grummelnder deutscher Hausmeister geworden.

***

Am Telefon habe ich natürlich alles abgewiegelt. Stjevo war misstrauisch geworden und ließ nicht locker. Er fragte immer: Marko, was ist passiert? Es war eine schwierige Situation. Ich fühlte mich wieder so … ängstlich, wie damals, als ich jeden Morgen mit so einem Kloß im Hals aufgewacht bin, weil nicht klar war, ob ich die nächste Nacht noch in diesem oder einem anderen Lager oder in Gefangenschaft oder überhaupt nirgends mehr aufwachen würde.

Als ich Ivo kennenlernte, gab es noch den Sonnenschein auf den weiten Feldern vor Osijek. Ich selbst bin ein Stadtkind, doch Ivo kommt vom Land aus einer wohlhabenden katholischen Bauernfamilie. Sie müssen wissen, in Kroatien ist man entweder katholisch oder gar nichts. In der ersten Vorlesung saßen wir zufällig nebeneinander: Technisches Zeichnen. Wir hassten die Stunde vom ersten Augenblick an und attackierten uns zur Ablenkung mit den Zeichenschablonen. Ivo lachte gern über meine Witze, ansonsten war er ein stiller Vertreter, dem etwas Aufmunterung nicht schaden konnte. Eines Tages bekam ich zufällig sein Geheimnis mit. Es war mitten in Osijek hinter einer Tankstelle und ich bin sicher, dass Ivo keine Sekunde darüber nachgedacht hat, was er da tut. Er war in mancher Hinsicht ein einfacher Mensch und konnte nicht verstehen, dass es keine Liebe zwischen einer Muslima und einem Katholiken geben kann, so wie es nicht möglich ist, dass Fische fliegen oder …

Ich weiß auch nicht, jedenfalls war das, was ich an dem Tag sah, völlig undenkbar: Er stand mit Selma, einer Muslima, zusammen und hielt ihre Hand. Ich scheuchte sie weg und schrie ihn an und hätte ihn am liebsten geschlagen. Und hätte ich sie noch gepackt, dann hätte ich es ihr auch gegeben. Es war wie ein Virus, er war befallen von ihr. Er kannte Selma aus seinem Dorf. In Deutschland heißt so was „Sandkastenliebe". Die beiden waren verloren, so oder so.

Es war egal, denn sie waren so blind wie alle anderen. Der Bosnienkrieg war wie ein Fasnachtsumzug mit Pauken und Trompeten angerollt und jeder hätte es erkennen müssen. Aber niemand war so irrwitzig gewesen, zu glauben, dass der Krieg jemals stattfinden würde, doch er hat stattgefunden. Alle Männer sahen auf einmal gleich aus in ihren Uniformen. Die Serben, die Kroaten, die Bosnier, alle sahen gleich aus. Nur ein winziges Emblem auf der Schulter verriet dir den Bruder oder denjenigen, den du erschießen musst, weil irgendjemand dir so ein schweres Stahlgewehr gab. Wenn du nicht im richtigen Moment losgeballert hast, wurde dein Gesicht in den Schlamm gedrückt. Und Schlamm gab es im abgebrannten Gelände nach einem kurzen Regen überall.

Die Feuerwalze ging unserer Einheit immer schon voraus. Irgendwann erkanntest du den Unterschied nicht mehr zwischen den verkohlten Ästen und den knackenden Wirbelsäulen der Verbrannten unter deinen Stiefeln. Nur einige Wenige sahen den Unterschied noch. Ich glaube, Ivo war einer dieser Wenigen. Sein älterer Bruder wich nicht von seiner Seite und versuchte das Unmögliche: Er wollte Ivo fernhalten von all dem Grauen. Ein Unterfangen, das von vornherein zum Scheitern verurteilt war.

***

Möchten Sie noch einen Kaffee? Ich kann Ihnen auch unsere fantastische französische Schokolade anbieten. Nein? Okay, auf jeden Fall: Meine Frau hat es ja gut gemeint, aber das Telefonat mit Marko lief merkwürdig ab und ich war hinterher ganz und gar nicht beruhigt. Warum ich die Polizei nicht spätestens zu diesem Zeitpunkt verständigt hatte? Ich weiß auch nicht, man denkt ja immer, es klärt sich noch alles auf. Auf jeden Fall bin ich dann zu ihm hingefahren. Marko wohnt in Darmstadt, das war schon ein ganzes Stück. Meine Frau hat gesagt: „Darko, fahr da hin und überzeuge dich, sonst kriegst du ja sowieso keine Ruhe." Und natürlich hatte sie wie immer recht.

Es war fast Mitternacht, als ich dort ankam. Marko öffnete die Tür. Seine drei Kinder sind von meinem Klingeln wach geworden, es war alles sehr unangenehm. Doch ich glaube, er war ganz erleichtert, dass er es jemandem erzählen konnte. Ich bin ja schließlich kein Polizist. Er sagte mir offen, dass Ivos Bruder zu Besuch gekommen sei. Da ging die Tür zum Gästezimmer auf und ein unrasierter, dunkler Typ kam heraus. Marko stellte ihn mir vor: Es war Ivos Bruder Stjepan. Als er mir die Hand gab, fiel mir sein penetranter Geruch auf. Kennen Sie das Gefühl, wenn ein Affe im Zoo versucht, Ihre Hand durch die Gitterstäbe zu ziehen? So ein Händedruck war das. Eine Begrüßung, die schon eine Drohung beinhaltet, und was er wollte, sagte er mir gleich zu Anfang: „Keine Polizei, hören Sie!"

***

Dass Marko diesen Restaurant-Typen überhaupt hereingelassen hat, werde ich ihm nie verzeihen. Es war alles schon schlimm genug, wieso zog er ihn mit rein? Dabei wollte ich meinem Bruder doch nur helfen. Fünfzehn Jahre im Rollstuhl, das muss man sich mal vorstellen! Das *will* sich niemand vorstellen. Ich war mir sicher, dass er wieder laufen würde, wenn er die Sache von damals überwinden könnte. Ich musste schon immer aufpassen auf Ivo. Jedes Wochenende gingen wir zusammen fischen. In Osijek gibt es drei Flüsse: Donau, Drau und Save. Am liebsten angelten wir in der Drau. Ein Fluss mit Untiefen und teils heftigen Strömungen, nicht ganz ungefährlich. Aber dort gab es Zander und Karpfen, es lohnte sich immer.

Ivo war sehr fantasievoll in der Zubereitung der Fische, das Ausnehmen war eher meine Aufgabe. Wir aßen zusammen mit Vater. Das war alles, was von unserer Familie noch übrig war. Vater, Ivo und ich. Und dann waren wir alle im Krieg: Vater, Ivo und ich. Wir hatten nur noch Angst, alles brannte. Ein Offizier fuhr mit uns Jungs zu einem Eisenbergwerk, das unweit von Pisjedor liegt. „Zur Ablenkung", wie er sagte. Als wir in dem Empfangsraum eintraten, kam ein Soldat auf uns zu und zerrte ein Mädchen hinter sich her. Sie wurde an unseren Offizier übergeben. Er grinste uns an und wünschte viel Spaß. Dann ging er zur Tür hinaus.

Später erfuhr ich, dass die höherrangigen Offiziere Minderjährige in Privatunterkünften vernaschten. Er nahm sich immer dieselbe, sie war für ihn reserviert. Für uns blieb das Massenlager. Im Lager Omarska waren Hunderte unserer Feinde eingesperrt, Bosnierinnen und ihre Familien. Wir haben alle mitgemacht, Ivo beschränkte sich darauf, die Familienmitglieder in Schach zu halten, während Marko und ich die Frauen nahmen. Ich war gerade mit einer Frau beschäftigt, als ich diesen unwirklichen Laut vernahm, der aus Ivo herausbrach.

Als ich hochsah, erschrak ich vor seinem verzerrten Gesicht. Er hatte etwas gesehen, das seine ganze Aufmerksamkeit forderte. Ein Vater wurde gezwungen, seine Tochter zu vergewaltigen. Nur ein paar Meter von ihm entfernt. Das Mädchen war Selma. Er rannte zu ihr hin, doch ich bin schnell von der Frau runter und hinter ihm her. Er schrie lauter als alle anderen in der Halle, doch ich hielt ihn fest und schleppte ihn nach draußen vor die Tür. Es war Krieg, mein Gott, es war Krieg, wir konnten nichts machen. Ich setzte ihn in das Auto und fuhr ihn weg, zurück zur Front, nur weit weg. Am nächsten Tag konnte er nicht mehr aufstehen.

Ich dachte, es würde sich geben. Aber es blieb so. Marko klaute ein Auto und fuhr mit Ivo weg. Ich traute mich nicht und blieb zurück. Die beiden waren fahnenflüchtig und haben es trotzdem geschafft. Einige Zeit lebten sie in der Schweiz. Doch dann erfuhren sie von der Flüchtlingshilfe in Deutschland und sind dort untergekommen. Für mich ließ der Wahnsinn irgendwann nach, doch für Ivo nicht. Ich lebte wieder in Osijek, er blieb in Deutschland, im Rollstuhl.

Vor einigen Monaten traf ich Selma, ganz zufällig. Sie ging auf mich zu. Im ersten Augenblick wollte ich einfach nur weg. Aber sie rief meinen Namen und fragte nach Ivo. Und von da an ließ mich der Gedanke nicht mehr los, dass die beiden ihren Frieden machen könnten. Dass alles gut wäre, wenn sie sich noch einmal treffen könnten. Kurz darauf besuchte ich Ivo in Deutschland und lag ihm damit in den Ohren, bis er nachgab und sagte: „Bringen wir es hinter uns, gleich und ohne Aufschub." Ich packte seine Sachen und seinen Rollstuhl und wir brachten es hinter uns. Ich hatte die lächerliche Vorstellung, dass Selma ihr Versprechen halten und uns allein treffen würde. Natürlich war es anders. Ich zog Ivo im Rollstuhl einige Stufen hinauf in den Hauseingang eines verlassenen Einfamilienhauses und versuchte, die Einschusslöcher nicht zu sehen, die, wenn nicht wir, so doch unsere Leute in Salven abgefeuert hatten.

Selmas Brüder waren zu ihrem Schutz mitgekommen. Ihr Vater nicht, er hatte die Sache nicht überlebt. Im Nachhinein habe ich die drei Jungen verstanden: der Vater tot, die Familie erniedrigt, die Mutter kaputt. „Kaputt", schrien sie immer wieder und dann hatte einer von denen diese Waffe in der Hand und zwang mich in die Knie. Es sollte eine Hinrichtung werden, ich hatte zu meiner und Ivos Hinrichtung eingeladen! Nach so langer Zeit! Ich verstand nichts und alles zugleich und sagte immer wieder, dass ich unschuldig sei. Der kalte Pistolenlauf zitterte auf meiner Stirn. Da kam ein Engel heran und legte dem Bruder die Hand auf die Schulter und sagte: „Es ist vorbei." Das war das Letzte, was ich hörte, und als ich wieder aus meiner Ohnmacht aufwachte, waren alle weg, auch Ivo. Sie hatten ihn mitgenommen, meinen Bruder!

***

Sie können sich nicht vorstellen, was in mir vorgegangen ist. Ich schaute von Marko zu Stjepan und wieder zurück und wusste gar nicht, was ich sagen sollte. Erst als ich zurück in Mannheim war, habe ich Sie angerufen. Wir können ihn doch nicht einfach drüben lassen. Er muss gesucht werden, dort gibt es doch auch Detektive und Polizei. Der Krieg ist doch lange her, oder? Was heißt, das ist nicht so einfach? Machen Sie endlich Ihre Arbeit! Wir haben Geld zusammengelegt, in der kroatischen Gemeinde. Da geht immer was. Hören Sie, die haben Ivo verschleppt, im Rollstuhl, das geht einfach nicht!

***

Hallo? Hallo? Warum ist das so eine schlechte Verbindung? Ich habe tausend Mal versucht, Sie telefonisch zu erreichen. Warum sind Sie eigentlich jetzt erst ans Telefon gegangen? Na egal, ich wollte Ihnen nur sagen, es tut mir leid, dass ich Sie so angefahren habe. Es hat sich im Übrigen alles erledigt. Ja, Sie haben richtig gehört. Ivo wurde aufgefunden. Wo? Dort drüben an Tisch dreiundzwanzig. Er hat sich umgesetzt. Im sechzehnten Jahr kann er endlich den Rollstuhl verlassen. Nur kurz, aber er kann stehen. Ich habe ihm Zanderfilet machen lassen, mit Sauerkraut und Weintrauben. Geht alles auf's Haus. Der Koch hat improvisiert, es schmeckt vorzüglich. Wenn Sie das nächste Mal zu uns kommen, müssen Sie es einfach probieren. Ach, und nur für den Fall, dass Sie herauskriegen wollen, was drüben vorgefallen ist: Vergessen Sie es! Er schweigt.

Gebratenes Zanderfilet mit Sauerkraut

und Weintrauben

Rezept für 4 Personen

Zutaten Fisch und Beilage:
800 g Zanderfilet mit Haut
800 g gekochtes Sauerkraut
200 g weiße Weintrauben, enthäutet und entkernt
Salz, Pfeffer aus der Mühle, Mehl, 60 g Butterschmalz

Zutaten Soße:
1 dl Sauerkrautfond, ½ dl Fischfond oder Gemüsebouillon, 1 dl Badischer Riesling
1½ dl Sahne, Butter

Zubereitung:
Den sauber geputzten Zander in Portionen teilen und auf der Hautseite mehrmals ein-
schneiden, jedoch ohne in das Fischfleisch zu schneiden.
Das Sauerkraut zubereiten und danach in einem Sieb abtropfen lassen, den Saft auf-
fangen. Sauerkraut mit den Trauben vermischen und warm stellen.
Für die Soße den Sauerkrautfond einkochen, den Fischfond und Wein hinzufügen und
zu einer leicht sirupartigen Konsistenz reduzieren. Zum Schluss die Sahne zugeben,
kurz durchmixen und die Soße mit kalten Butterflöckchen verfeinern.
Den Zander würzen, in Mehl wenden, in Butterschmalz zuerst auf der Hautseite und
dann auf der anderen Seite goldbraun braten, auf dem Sauerkraut anrichten und mit
der Soße umgießen. Dazu passen Salzkartoffeln.

Dieses köstliche Rezept wurde freundlicherweise vom Restaurant
„Rheinterrassen – Gasthaus am Fluss" in Mannheim zur Verfügung gestellt.

Rheinterrassen – Gasthaus am Fluss
Rheinpromenade 15
68163 Mannheim
Telefon: 0621 824161
www.rheinterrassen-das-gasthaus-am-fluss.de

Anne Grießer

Unter der Grünkerndarre

Entsetzt starrt Ingrid in das Loch, das sie gegraben hat. Ihr Magen rebelliert. Das kann doch unmöglich …

„Das Süppchen ist gleich fertig!", ruft ihre Großmutter vom Haus herüber. „Nur noch fünf Minuten."

Ingrid ist nach Würgen zumute. Omas badische Grünkernsuppe mit den kleinen Schinkenknödeln ist normalerweise ihre Leibspeise, aber heute bringt sie wahrscheinlich keinen Löffel davon hinunter. Schwach stützt sie sich auf den Spaten.

Die Großmutter hat es sich in den Kopf gesetzt, auf ihre alten Tage noch ein paar Rosenbüsche bei der Grünkerndarre im Garten zu pflanzen, und dafür ist Ingrid extra aus der Stadt in den badischen Odenwald gereist. Als Lieblingsenkelin kann sie schlecht nein sagen, wenn ihre Oma etwas von ihr will.

Beim ersten Widerstand unter dem Spaten hat sie sich noch nichts dabei gedacht, ein ziemlich steiniges Grundstück ist der Garten ihrer Großmutter schon immer gewesen. Auch als die beiden Knochen auftauchen, ist sie nicht weiter beunruhigt. Schließlich ist sie hier auf einem alten Bauernhof zu Gast. Aber das da unten ist kein Knochen. Das da unten starrt sie mit leeren Augenhöhlen an, wie ein Zirkusclown mit einem breiten Grinsen. Ein Totenschädel, und zwar – selbst für Laien erkennbar – ein menschlicher.

„Oma …", ruft Ingrid und ihre Stimme klingt sogar für ihre eigenen Ohren dünn, dann noch einmal: „Oma? Kannst du mal kommen …?"

Die 86-jährige Dame ist rüstig für ihr Alter. Sie läuft leicht gebückt und das Gehör ist nicht mehr perfekt; alles andere funktioniert jedoch hervorragend: die Augen, die Nase, alle inneren Organe. Sie wirft einen besorgten Blick auf ihre blasse Enkelin, dann schaut sie hinab in das Loch.

„Oh", sagt sie pikiert. „Igitt! Was hast du denn da ausgegraben?"

Schweigend deutet Ingrid auf die zwei Knochen, die sie zuvor gefunden hat und die jetzt, neben dem Schädel, nur einen Schluss zulassen: Es sind Rippen, menschliche Rippen! Spröde, gelb und reichlich verwittert.

Die Großmutter schüttelt angewidert den Kopf. „Wildschwein, vermutlich", sagt sie und wendet sich ab. „Eine echte Plage bei uns im *Bauland*. Sieht fast ein bisschen menschlich aus, findest du nicht?"

„Vielleicht ist es …?"

„Blödsinn. Wie sollte ein menschliches Skelett unter meine Grünkerndarre kommen, kannst du mir das verraten?"

„Aber schau doch, der Schädel: Er hat gar keinen Rüssel!"

„Weichteile. Schweinerüssel bestehen aus Weichteilen. Nun reg dich bloß nicht auf, Kindchen. Es muss ein Schweineschädel sein – was denn sonst?"

Ingrid beruhigt sich tatsächlich ein wenig. Natürlich, die Großmutter wird recht haben – schließlich hat sie ihr ganzes Leben auf dem Lande verbracht, während sie, Ingrid, in der Stadt aufgewachsen ist und überhaupt nichts von Wildschweinen versteht. Auch nicht von menschlichen Schädeln; sie hat Geschichte studiert, nicht Medizin.

„Nun komm ins Haus, bevor die Suppe kalt wird."

Erleichtert nickt Ingrid. Sie spürt, wie sich der Appetit doch noch meldet. Ihre Großmutter ist nicht nur eine exzellente Köchin, sie hat sogar mehrere Grünkernbücher geschrieben, mit Rezepten, die in ganz Deutschland nachgekocht werden, in Feinschmeckerlokalen und Hotelrestaurants. Es wäre ein Sakrileg, die Suppe verkommen zu lassen. Um den Schädel kann sie sich auch später noch kümmern. Als sie sich abwendet, sieht sie aus den Augenwinkeln heraus im Loch ein schwaches Schimmern, einen kleinen Lichtblitz in der hellen Mittagssonne.

„Ich komme sofort", ruft sie der Großmutter nach, die bereits in der Küche verschwunden ist. Vorsichtig legt sie den Gegenstand frei. Es ist eine kleine, runde Plakette voller Erde. In ihrer Mitte befinden sich Einprägungen, kaum erkennbar unter dem Schmutz, nur ein einziges Symbol tritt deutlich zutage: ein Hakenkreuz.

Ingrid stutzt. Ein Wildschwein mit Nazi-Abzeichen?

„Wir müssen damit zur Polizei."

Die Großmutter starrt auf den Suppenteller und schweigt.

„Das siehst du doch ein, Oma? Vielleicht gibt es noch Angehörige, die bis heute nicht wissen, was aus ihm geworden ist."

„Es ist so lange her."

Misstrauisch mustert Ingrid ihre Großmutter. „Weißt du irgendetwas über das Skelett da draußen?"

„Wo denkst du hin? Also, bitte!"

„Nun, *was* ist so lange her?"

„Die Nazis. Der Krieg. Das ganze Elend." Die Großmutter hängt ihren Gedanken nach, rührt abwesend in ihrer Suppe, die schon nicht mehr dampft.

„Erzähle mir davon", fordert Ingrid sie auf. „Vielleicht fällt dir etwas ein, was uns weiterhilft." Ihr wird mit einem Mal bewusst, dass sie sich darüber noch nie mit ihrer Großmutter unterhalten hat. Während des Studiums war die Vergangenheit der Deutschen zwar ein wichtiges Thema – aber mit der Rolle ihrer eigenen Familie hat sie sich noch nie beschäftigt.

„Was soll ich da erzählen? Du weißt doch mehr darüber als ich."

Ingrid ignoriert den Einwurf. „Hast du damals schon hier gelebt?"

„Oh ja. Ich habe immer hier gelebt. Und hier will ich auch sterben." Ein Lächeln gleitet über die faltigen Züge der alten Dame. „Damals war es ein großer Hof, den wir landwirtschaftlich genutzt haben. Der Dinkelanbau hat sich während des Dritten Reiches besonders gelohnt. Die Nazis wollten und konnten ja kein Getreide mehr aus dem Ausland einführen, da mussten sie möglichst autark sein. Unser *Bauland* war plötzlich sehr wichtig, nur hier wurde der Grünkern im großen Stil hergestellt. Wusstest du das?"

Ingrid schüttelt den Kopf.

„Bei uns wuchs ja nur wenig", erklärt die Großmutter. „Die Böden sind karg, nur der Dinkel gedieh prächtig. Halbreif geerntet und anschließend geröstet, erhält man Grünkern. Ich war schon als Kind ganz wild auf diesen würzigen, nussigen Geschmack! Fast jeder Bauernhof in unserer Gegend hatte seine eigene Grünkerndarre zum Rösten des Getreides. Ein Gestank war das, wenn die in Betrieb waren! Der Rauch biss in die Nase und wir mussten ständig niesen. Deshalb standen die Darren immer ein wenig von den Wohnhäusern entfernt. Heute gibt es ja kaum noch welche, sie verschwanden nach und nach oder wanderten ins Freilichtmuseum. Nur unsere hat die Zeiten überdauert." Stolz deutet sie hinüber zu dem kleinen Häuschen mit den bemoosten Dachziegeln und den hübschen Balkenverstrebungen, vor dem nun das unheilvolle Loch klafft.

„Warum habt ihr sie nicht abgerissen, wie alle anderen?"

„Das hätten wir niemals getan. Dort haben wir uns schließlich kennengelernt. Dein Großvater und ich."

Ingrid runzelt die Stirn. „In der Grünkerndarre?"

Die Großmutter nickt. Ein zartes Rot überzieht ihre welken Wangen. „Ach, wir waren noch so jung." Sie löffelt endlich von der lauwarmen Suppe und lässt sich einen Schinkenknödel auf der Zunge zergehen. „Außerhalb der Erntesaison nutzten wir die Darre als Strohlager. Und dort bin ich eines Tages, es war 1943, mitten im Krieg, über deinen Großvater gestolpert. Ich war gerade mal 19 Jahre alt." Sie lächelt versonnen und ihre Augen glänzen. „Zuerst wollte ich um Hilfe rufen, wollte schreien; ich bin mächtig erschrocken, als ich diesen ausgemergelten, fremden Mann fand. Aber dann siegte das Mitleid. Er sah so jämmerlich aus! Gleichzeitig lag da ein entschlossener Zug um seinen Mund und ich sah, dass ich ihm gefiel.

Trotz seines beklagenswerten Zustandes hat er mir schöne Augen gemacht. Ich konnte ihn einfach nicht verraten!"

„Verraten? An wen denn? Und warum?" Ingrids Neugierde ist geweckt.

„Hans ist aus der Wehrmacht desertiert. Darauf stand natürlich die Todesstrafe. Merkwürdig, noch heute habe ich manchmal das Gefühl, etwas Unrechtes getan zu haben, obwohl ich genau weiß, dass ich richtig gehandelt habe. Ich habe es ja auch nie bereut!"

„*Was* hast du nie bereut?"

„Nun, dass ich ihn versteckt habe. In unserer Darre und während der Röstsaison unten im Keller. Ich habe ihm Essen gebracht, warme Decken und Kleidung. Für ihn muss es eine furchtbare Zeit gewesen sein! Tagsüber war er zur Untätigkeit verdammt, musste immer bereit sein, sich zu verstecken. Und dann die Ungewissheit: Wie lange sollte es so weitergehen? Würde der Krieg jemals enden? Und was kam danach? Wir waren weit weg von der Front, aber wir haben doch genug mitbekommen von der Not und dem Elend. Nur in der Nacht konnte Hans sich frei bewegen. Er lief stundenlang, machte Turnübungen, damit er wieder zu Kräften kam. Tagsüber hat er meist geschlafen. So oft es ging, habe ich ihm Gesellschaft geleistet." Das Rot auf ihren Wangen wird dunkler. Fast trotzig blickt sie ihrer Enkelin in die Augen. „Ja. Natürlich sind wir uns auch nähergekommen. Was glaubst du denn?"

Nachdenklich lehnt sich Ingrid auf dem Küchenstuhl zurück. Warum hat die Großmutter ihr diese Geschichte nicht schon viel früher erzählt? Warum haben sie nie über die Vergangenheit gesprochen? Weil sie nie danach gefragt hat? Und warum hat sie nicht danach gefragt? Aus Angst vor den Antworten? Weil sie nicht hören wollte, dass ihre geliebte Großmutter, wie so viele andere auch, die Augen verschlossen hat vor den Verbrechen jener Zeit?

Aber jetzt will sie es wissen! Nun ist der Damm schon einmal gebrochen, da will sie die ganze Wahrheit hören. Alles. „Die Knochen", sagt sie deshalb. „Von wem ist dieses Skelett? Du weißt es, Oma. Du musst es wissen!"

Hilflos zuckt die alte Dame mit den Schultern. „Es könnte", sagt sie leise und hustet in die hohle Hand, „es könnte der Herbert Schnattinger sein."

Ingrid hat den Namen noch nie gehört.

„Dieser Nazi-Beauftragte für die *Deutsche Suppenfrucht*. Er ist, wenn ich mich recht entsinne, ganz plötzlich auf unserem Hof aufgetaucht – und genauso plötzlich wieder verschwunden."

Die Großmutter steht auf, um sich ein Gläschen Schnaps einzugießen. Die Suppe steht noch immer fast unangetastet vor ihr und auch Ingrid hat nur zwei Löffel davon gekostet. Sie weiß, dass sie der alten Dame jetzt Zeit geben muss.

„Der Herbert Schnattinger", fährt die Großmutter schließlich fort, „war ein ganz Hundertprozentiger. Ein Nazi aus Überzeugung. Kein Mitläufer, wie die meisten anderen. Der hatte die Sache wirklich verinnerlicht. Man hat ihn zu uns geschickt, um die Grünkernproduktion zu inspizieren. In den Kriegsjahren sollte der Grünkern den Reis komplett ersetzten, sie nannten ihn deshalb ganz hochtrabend *Deutsche Suppenfrucht* und waren bestrebt, die Ernte zu verbessern. Schnattinger war Landwirtschaftsexperte. Er sollte uns Odenwälder Bauern zeigen, wie es geht. Ach, das war eine schwierige Zeit für deinen Großvater und mich! Wir mussten noch viel vorsichtiger sein, um nicht entdeckt zu werden."

An den unruhigen Bewegungen ihrer faltigen Hände kann Ingrid erkennen, wie aufgewühlt ihre Großmutter ist.

„Der Herbert Schnattinger war noch ein ganz junger Bursche und ich war ja auch erst 19 Jahre alt. Ich kann dir Bilder von damals zeigen, damit du siehst, was für ein fesches Mädel deine Oma einmal war. Die Kiste mit den Fotografien müsste dort drüben in der Truhe ..."

Sie macht Anstalten, aufzustehen.

„Oma!" Ingrid ist nicht gewillt, sich ablenken zu lassen. „Was war mit Herbert Schnattinger?"

„Was soll schon gewesen sein?" Die Großmutter winkt ab. „Er hat halt ein Auge auf mich geworfen. Sogar alle beide, um bei der Wahrheit zu bleiben. Er hat mir den Hof gemacht."

„Und du? Hat er dir auch gefallen?"

„Ein wenig geschmeichelt war ich schon. Der Herbert sah in seiner Uniform recht schmuck aus und er hatte gute Manieren. Das war bei uns auf dem Dorf alles andere als selbstverständlich. Er hat mir Geschenke gemacht und immer wieder durchblicken lassen, dass er mich heiraten will."

Ein schrecklicher Verdacht keimt in Ingrid auf, doch sie schiebt ihn weit von sich, fordert die alte Dame auf, weiterzuerzählen.

„Das mit dem Heiraten hat mich wieder auf den Boden der Tatsachen zurückgebracht. Dazu war ich noch viel zu jung. Und bei aller Schmeichelei schien mir der Herbert Schnattinger auch nicht der Richtige dafür zu sein. Immerhin gab es da ja noch deinen Großvater, den ich in jener Zeit ziemlich vernachlässigt habe. Er traute sich nachts nicht mehr aus seinem Versteck, weil der Schnattinger auf unserem Hof wohnte und manchmal ums Haus strich, um mir Liebesbeweise darzubringen. Und ich konnte ihn auch nicht besuchen, denn ich musste immer befürchten, mein Verehrer könne mir folgen und den Hans entdecken. Ich hatte schreckliche Angst. Um den Hans und natürlich auch um mich selbst."

Eine Pause entsteht, und je länger sie anhält, desto sicherer ist sich Ingrid, dass ihr schlimmer Verdacht der Wahrheit entspricht. Am liebsten möchte sie das Gespräch abbrechen, möchte das Ende gar nicht hören. Doch ohne die Wahrheit wird sie bis in alle Ewigkeit grübeln und mit der Ungewissheit leben müssen. Die Großmutter wird sie ihr entweder jetzt offenbaren oder niemals.

„Was geschah dann?", fragt sie deshalb fast tonlos.

„Der Herbert Schnattinger verschwand ganz plötzlich. Das ist alles."

„Oma! Bitte lüg mich nicht an. Du weißt, was geschehen ist, nicht wahr?" Sie muss an ihren Großvater denken, einen strengen, aber im Grunde sehr gütigen Mann, der vor über zwanzig Jahren starb, als sie selbst noch in der Pubertät steckte. „Hat ... Opa ihn getötet?"

Den Verdacht auszusprechen, fällt ihr alles andere als leicht.

„Der Hans? Ein Mörder? Du weißt ja gar nicht, was du redest, Kind! Da hast du deinen Großvater aber schlecht gekannt! Glaubst du, er ist desertiert, weil er Angst um sein eigenes Leben hatte? Nein. So einer war er nicht, mein Hans. Er ist aus der Wehrmacht geflohen, weil er keinen umbringen wollte. Keinen Deutschen und genauso wenig einen Franzosen, einen Russen oder einen Engländer. Gar niemanden wollte er töten und deshalb ist er abgehauen!"

„Aber ..."

„Kein Aber. Soll ich jetzt die Suppe noch mal warm machen oder nicht?"

„Wie kannst du dir so sicher sein, Oma? Wie kannst du das?"

Die alte Dame ist aufgestanden, um zum Herd zu gehen, aber nun lässt sie sich wieder auf ihren Stuhl zurücksinken. Ihre Hände zittern. „Hast du noch nicht genug gehört? Warum willst du die Vergangenheit nicht ruhen lassen?"

„Sie ruht nicht, wenn wir sie vergraben. Sie lauert nur."

„Glaubst du? Ich bin so sicher, wie ein Mensch nur sein kann, dass dein Großvater kein Mörder ist."

Die beiden Frauen sehen sich in die Augen. Keine von ihnen mag nachgeben. Die eine will schweigen, will vergessen, die andere will wissen. Schließlich seufzt die Großmutter.

„Eines Nachts bin ich das Wagnis eingegangen, den Hans in der Grünkerndarre zu besuchen, obwohl der Schnattinger auf unserem Hof wohnte. Es war eine besonders dunkle Nacht und ich war sehr leise, aber doch nicht leise genug. Mein Verehrer muss mir aufgelauert und mich verfolgt haben, anders kann ich es mir nicht erklären.

Ich war nur kurz bei Hans im Stroh. Er war unruhig, und ich war es auch. Schon bald verabschiedete ich mich und Hans beschloss, die Dunkelheit der Nacht für einen langen Spaziergang zu nutzen; er musste sich bewegen. Kaum war er weg, packte mich jemand an den Schultern. Herbert Schnattinger! *Jetzt habe ich dich endlich!*, flüsterte er und in seinen Augen war ein gefährlicher Glanz. *Du wirst mich heiraten, mein Engel, und zwar schon bald. Sonst wird dein kleines Geheimnis die Ohren der Partei erreichen – und du weißt, was dann geschieht.* Oh ja, das wusste ich wohl! Das Leben von Hans war in Gefahr! Was hätte ich denn tun sollen?"

Die alte Dame atmet schwer. Wieder suchen ihre Augen den Blick der Enkelin. „Er hätte mich nicht so unter Druck setzen dürfen, der Schnattinger, dann wäre er heute vielleicht noch am Leben. Neben der Darre stand ein schwerer Spaten, den habe ich ihm auf den Kopf gehauen. Ein einziger Schlag hat genügt. So ist das, wenn die Wut und die Angst groß genug sind. Bis der Hans von seinem Spaziergang zurückkam, lag der Schnattinger bereits unter der Grünkerndarre und ich in meinem Bett. Dein Großvater hat nie erfahren, warum der *Deutsche-Suppenfrucht-*Beauftragte so plötzlich verschwunden ist."

Die Großmutter verzieht das Gesicht. „Ich hätte nicht gedacht", sagt sie und deutet angewidert in die Richtung, in der sich das Loch befindet, „dass von diesem Hurensohn noch etwas übrig ist, nach all den Jahren!" Dann schweigt sie, bis ihr Atem ruhiger geht. „Und nun", sagt sie schließlich aufgeräumt, „solltest du mit den Knochen zur Polizei. Mord verjährt nicht."

Ingrid nickt in Zeitlupe. Luft, denkt sie. Frische Luft. Mit schwerem Schritt tritt sie vor die Tür.

Mord verjährt nicht. Der Satz will ihr nicht aus dem Kopf. Sie starrt in das Loch, auf den Schädel, der nun plötzlich einen Namen hat. Er grinst nicht mehr wie ein Zirkusclown, sondern wie ein böser Dämon. Vergilbt und ausgefranst haben die Knochen doch etwas Bedrohliches, Unheilschwangeres an sich.

Mord verjährt nicht.

Vierzig Minuten später kehrt Ingrid in die Küche zurück. Ihre Großmutter sitzt noch in genau der gleichen Haltung auf dem Stuhl wie zuvor. Sie sieht ihre Enkelin nicht an.

Ingrid schwitzt, Hände und Stirn sind voller Lehm. „Die Rosen", sagt sie leise. „Ich habe nochmal darüber nachgedacht. Auf der anderen Seite bekommen sie viel mehr Licht. Wir sollten sie dorthin pflanzen."

Die Großmutter antwortet nicht, aber sie lächelt. Und steht auf, um die Grünkern-suppe mit den Schinkenknödeln aufzuwärmen. Sie wird ihnen gut tun, allen beiden.

Badische Grünkernsuppe

mit kleinen Schinkenknödeln

Rezept für 4 Personen

Zutaten Grünkernsuppe:
250 g Grünkernmehl
½ l Fleischbrühe oder gekörnte Brühe
100 ml flüssige Sahne
je 1 Prise Salz, weißer Pfeffer und geriebene Muskatnuss

Zutaten Knödel:
2 trockene Weißbrötchen
1 Eigelb
100 ml Milch
100 g Schwarzwälder Schinken

Zubereitung:
Die Fleischbrühe im Topf erhitzen, das Grünkernmehl einrühren und
ca. 10 Minuten mit dem Schneebesen verrühren. Mit den Gewürzen abschmecken,
zum Schluss die flüssige Sahne langsam einrühren, ohne dass die Suppe kocht.
Für die Schinkenknödel die Weißbrötchen klein zerschneiden, die Milch zum Kochen
bringen und über die zerkleinerten Brötchen verteilen.
Mit einem Deckel ca. 15 Minuten abdecken. Danach das Eigelb unterrühren. Mit etwas
Salz abschmecken und nach Belieben getrocknete Petersilie oder frischen Schnittlauch
unterheben. Zum Schluss die in kleine Würfel geschnittenen Schwarzwälder Schinken-
scheiben unterheben.
Kleine Knödel formen und in siedendem Wasser ca. 10 Minuten garen. Dann aus dem
Wasser nehmen und in die angerichtete Suppenterrine geben.

Dieses köstliche Rezept wurde freundlicherweise vom Landhotel „Traube" in Neu-
weier zur Verfügung gestellt.

Landhotel Traube
Mauerbergstraße 107
76534 Baden-Baden/Neuweier
Telefon: 07223 9682-0
www.traube-neuweier.de

Heide-Marie Lauterer

Stiletto

Für Freitagabend war wunderschönes Wetter angekündigt. Die Doktoranden stellten Bänke und Tische auf, der Catering Service war bestellt – rein vegetarisch bei einer buddhistischen Sekte, die ein Restaurant namens ‚Waves' führte – und der Hausmeister hatte sogar die Büsche gestutzt, wegen der Schlossbeleuchtung. Dem Institutsfest stand nichts mehr im Wege, wäre da nicht dieser Gestank gewesen.

„Verwesung im vorletzten Stadium", sagte Anja. Sie musste es wissen, denn sie hatte vor ihrem Job in der Theoretischen Physik in der Gerichtsmedizin gearbeitet. Sie erinnerte sich nicht gerne daran. Und davor in der Kunstgeschichte. In ihrem Zimmer hing ein Arcimboldodruck. Das Porträt sah pervers und morbide aus – es stellte den Kopf eines Renaissanceherrschers dar, zusammengesetzt aus überreifen Früchten und welkem Gemüse. „Memories of Heidelberg", zischelte Anja, wenn sie jemand auf das Bild ansprach.

Das Institut war eines der letzten Häuser am Philosophenweg; es lag in einem großen, steilen Garten mit vielen Treppenstufen. Die beiden Polizistinnen hielten sich schon am Eingang die Nase zu. Die mit dem blonden Pferdeschwanz lief trotz ihrer untersetzten Figur flink dem hechelnden und schnüffelnden Hund hinterher, während die mit dem schwarzen Bubikopf ordentlich ins Schnaufen kam, bis sie ganz oben den Zaun erreichten. Die Blonde machte den Hund los und das Tier brach krachend ins Unterholz, winselte, sprang auf und zerrte an etwas, das wie ein Stück Holz aussah. Um die beiden Polizistinnen surrte und summte es, sie befanden sich in einer Wolke von Fliegen und der Gestank wurde unerträglich. Sie hatten es geahnt, die Leiche musste schon einige Tage dagelegen haben. Aber es war gar kein Mensch, sondern eine dicke, fette Wildsau.

Paloma hatte sich alles haarklein von ihrem Freund Tom erzählen lassen. Er beschäftigte sich mit Quantenphysik und interessierte sich auch sonst für alles, was nicht mit rechten Dingen zuging. Glücklicherweise war es kein Fall für die Kriminalpolizei gewesen, denn sonst hätte Paloma sich als Kommissarin damit beschäftigen müssen.

Eine Woche nach Beginn der Semesterferien wurden die beiden Polizistinnen abermals zu einer Leiche gerufen; Spaziergänger hatten sie am Neckarufer entdeckt.

Den Hund brauchten sie diesmal nicht, denn es handelte sich nicht um eine im Unterholz versteckte Tierleiche, sondern um einen menschlichen Kadaver, der sich im Ufergebüsch auf der Neuenheimer Seite gegenüber dem Hackteufel verfangen hatte. Der Leichnam war vollständig bekleidet mit einem anthrazitfarbenen Anzug, ein Badeunfall schied also aus. Die Verwesung war schon ziemlich weit fortgeschritten, aber die Identifizierung bereitete der Polizei keine großen Schwierigkeiten, denn der Personalausweis, den sie in der Brusttasche des Anzugs fanden, verriet, dass es sich um Herbert Laudenklos handelte, einen emeritierten Geschichtsprofessor, einer von denen, die sogar noch im Ruhestand regelmäßig Vorlesungen hielten. Laudenklos war ein unauffälliger Mann gewesen, der in seiner freien Zeit am liebsten in der Institutsbibliothek hinter seinen Akten gesessen hatte.

Paloma Blank schien wie geschaffen für die Aufklärung dieses Falls. Erstens, weil gerade Sommerferien waren und niemand sonst zur Verfügung stand, und zweitens, weil Paloma selbst einmal Geschichte studiert hatte.

„Du kennst dich aus in diesem Milieu", hatte ihre Chefin gesagt, „also streng dich an."

Aber Paloma wollte diesen Fall nicht übernehmen. Sie erinnerte sich noch gut daran, wie sie sich in den Laudenklos-Vorlesungen gelangweilt hatte. Der Mann hatte so gar nichts für's Auge geboten, hager wie eine Bohnenstange, bleich, immer im grauen Anzug, mit schütterem, ehemals blondem Haar. Er hatte gesprochen, ohne seine Lippen zu bewegen, monoton und vollkommen humorlos. Die Studierenden nannten ihn „die Leiche" – und das kam Paloma jetzt irgendwie peinlich vor. Obwohl sie den Mann nicht leiden konnte, hatte sie ihm gegenüber ein schlechtes Gewissen. Es war nicht schön, einen Menschen mit seinen körperlichen Mängeln aufzuziehen. Aber alles Sträuben half nichts, ihre Chefin erklärte ihre Einwände für null und nichtig und Paloma begann mit den Ermittlungen.

Arbeitsplatz, Kollegen, Mitarbeiter, Sekretärinnen. Paloma fröstelte, als sie durch das Treppenhaus des Historischen Seminars ging. Das alte Gemäuer schottete sich gegen die sommerliche Hitze ab. Der Aufgang des Hexenturms war wegen Einsturzgefahr verschlossen. Im Vorraum zur Bibliothek forderte sie ein Student, der sich hinter einer Wand von Karteikästen und einer dicken Hornbrille verbarrikadiert hatte, ziemlich unfreundlich auf, ihre Tasche zu deponieren. Freundlich lächelnd hielt Paloma ihm ihren Dienstausweis unter die Nase. Sie stieg die Treppe zur Bibliothek hinauf, die gruftige Kühle des Treppenhauses war gewichen. Zwischen den alten Holzregalen, die bis unter die Decke reichten, war die Luft zum Schneiden – stickig und drückend.

Fleißig sei er gewesen, sagte seine Sekretärin, Frau Irmgard Mäusle, sehr fleißig – alle Aufsätze habe er mit der Hand geschrieben und sie habe sie abtippen dürfen. Sie sagte „dürfen" und verdrehte ihre Augen dabei, als habe sie gerade ein Trüffeleis verspeist. Und seine Schrift – so akkurat und fein, wer schriebe denn heute noch mit Bleistift? „Er war streng – aber gerecht", fügte sie hinzu, indem sie triumphierend ihren Kopf zurückwarf. Paloma fühlte sich von ihren grünen Katzenaugen durchbohrt. Die Mäusle hatte den Verblichenen zweifellos verehrt, aber warum? Die Frage, ob er Selbstmord begangen haben könnte, verneinte die Sekretärin mit großer Entschiedenheit. Er hatte Pläne, hatte gerade mit den Recherchen zur Biographie Rudolf II. von Böhmen begonnen.

Die Sekretärin zeigte auf einen Kunstdruck im Arbeitszimmer. Paloma antwortete nicht und die Sekretärin, die ihr Schweigen als Unsicherheit deutete, lächelte überlegen. Zugegeben, sagte sie, das Porträt sei etwas verfremdet – es handele sich um das berühmte Fruchtporträt Rudolfs II. von Giuseppe Arcimboldo.

„Oh", hauchte Paloma, „ich verstehe." Ihr war plötzlich schwindelig geworden.

Einen Tag später befragte Paloma Sabine Klein, Laudenklos' Assistentin. Diese konfrontierte Paloma ein zweites Mal mit einer Aussage, die ihren eigenen Erfahrungen diametral entgegenstand. Laudenklos sei bei seinen Hörerinnen sehr beliebt gewesen. In seiner letzten Vorlesung – verstohlen wischte sich Sabine eine Träne aus dem Augenwinkel – seien viele Damen gesessen. Sie waren immer schon da, wenn Sabine die Aktentasche des Professors auf das Pult gelegt hatte. Richtig schick und rausgeputzt, Sabine hatte sich am meisten über die Stilettos gewundert.

Paloma riskierte einen Blick auf Sabines Füße. Sie steckten in ausgetretenen Birkenstocksandalen; die Mäusle hatte auch solche Latschen getragen. Was er denn gelesen habe, fragte Paloma verhalten, aber die Antwort überraschte sie nicht.

„Rudolph der II. von Böhmen", sagte Sabine Klein.

Nachdenklich lief Paloma über den Uniplatz.

„Mensch pass doch auf!" Die aggressive Stimme gehörte einem Mountainbikefahrer, der Paloma beinah umgebügelt hätte. Früher herrschte hier Radfahrverbot, die Menschen hatten doch Füße, um damit zu laufen, dachte sie, und Nasen, damit sie Brillen trugen. Ein Zitat aus Voltaires ‚Candide', sie hatte es einmal in einer Vorlesung von Hermann Seifensieder gehört. Der Philosophieprofessor tauschte mit Laudenklos Sonderdrucke aus, was nichts anderes hieß, als dass er mit dem Toten in einer näheren Beziehung gestanden hatte. Paloma hütete sich vor Vermutungen darüber, wie eng die Verbindung der beiden gewesen sei, aber es schien ihr klar, dass für Laudenklos der Austausch eigener Druckschriften mehr als nur Kollegialität bedeutet hatte. Mit solchen allzu menschlichen Gedanken betrat Paloma das Philosophische Seminar.

Hermann Seifensieder war ein stattlicher Mann im besten Alter, er plauderte gern, freute sich über Abwechslungen. Die junge Kommissarin in ihren engen Jeans und dem ärmellosen, weitausgeschnittenen Top kam ihm sehr gelegen. Sie strahlte so etwas Frisches aus, soviel Lebensfreude und Energie, unter Philosophiestudentinnen musste man lange suchen, um so eine kraftvolle junge Frau zu finden. Seifensieder hatte Mühe, sich von ihrem Anblick loszureißen. Die ersprießlichsten Ideen kämen ihm, wenn er am Fenster stünde, sagte der Philosoph. „Die Verbindung zur Welt, wenn Sie so wollen. Die Mode – wie schick die Studentinnen heutzutage sind! Leider sitzen sie nicht in meinem Seminar. Vom Fenster aus sehe ich sie in ihren Stilettos übers Kopfsteinpflaster stöckeln."

„Stilettos?", sagte Paloma.

Seifensieder nickte. „Und wohin gehen sie? Zum Kollegen Laudenklos."

„Jetzt nicht mehr", sagte Paloma.

„Nein", sagte der Professor.

Paloma sah ein kleines Lächeln über seine Lippen huschen. Schadenfreude?, dachte Paloma, aber dieser Einfall hielt sie nicht davon ab, zuzuhören.

„Die Dinge können nicht anders sein, als sie sind", sagte der Philosoph schmunzelnd.

„Lassen Sie mich raten", sagte Paloma: „Voltaire – ‚Candide'? Demnach hätten Frauen Füße, um sie in Highheels – oder, wie Sie sich auszudrücken belieben, in Stilettos zu stecken."

„Alle Achtung", sagte der Professor.

„Was sagt eigentlich der Obduktionsbericht?", wollte Palomas Chefin am Nachmittag wissen.

„Genickbruch – und dann scheint er in den Neckar gefallen zu sein."

„Gefallen oder gestoßen?"

Paloma murmelte etwas Unverständliches – ‚was fällt, muss man stoßen', oder so etwas Ähnliches. Sie schwelgte noch zu sehr in der Philosophie, das hatte ihrem Kopf noch nie gut getan.

„Ist das alles?", fragte die Chefin nach einer langen Schweigeminute.

„So ziemlich … Ach so – in seiner Anzugtasche fand sich eine Kunstpostkarte mit einem Porträt von Giuseppe Arcimboldo."

„Das mit dem Gemüse?"

„Nein", sagte Paloma, „Adas mit den glibberigen Meerestieren. Passt ja auch besser zu einer Wasserleiche – oder?"

Und noch etwas hatte Paloma von Sabine erfahren. Laudenklos sei ein menschenscheuer Gelehrter gewesen. Er habe die Stille geliebt, nach seiner Vorlesung sei er immer über die Alte Brücke spaziert und noch ein bisschen am Neckar entlang. Wie am Tag seines Todes, hatte Sabine gesagt.

„Moment mal", sagte die Oberkommissarin, „Und was haben die Studentinnen nach der Vorlesung gemacht – ich meine, früher gab es doch die sogenannten Nachsitzungen?"

Paloma nickte, „Genau, die gab es – eine Art Stammtisch im ‚Essighaus', aber Sabine war nicht dabei."

Die Kneipe war ein Überbleibsel aus alten Zeiten, zu jeder Tages- und Nachtzeit vollbesetzt, das Essen – badische Hausmannskost – war gut und preiswert, genau wie das Bier, und nicht einmal das Rauchverbot hatte ihrer Beliebtheit Abbruch getan.

„Sie kamen jeden Donnerstagabend", sagte die Kellnerin. „Und sie bestellten immer Maultaschen. Alle bestellten sie Maultaschen."

„Ist Ihnen sonst noch was aufgefallen?"

„Der Tisch wurde immer für die ‚Mörderischen Schwestern' reserviert."

„Nein!", sagte Paloma entsetzt.

„Doch", widersprach die Bedienung.

„Ich dachte, es waren Studentinnen?"

„Na und? Studiert haben die Damen bestimmt auch mal, aber jetzt schreiben sie Kriminalromane."

Paloma schwieg.

„Sie trugen Stilettos", sagte die Kellnerin. „Alle."

Paloma ließ sich eine Portion Maultaschen kommen, natur, ohne abgeschmälzte Zwiebeln, nur mit einem kleinen Beilagensalat. Sie saß ganz hinten in der Ecke der Wirtsstube mit einem freien Blick auf die Tür, genau wie sie es in ihren Ermittlungskursen gelernt hatte. Immer die Tür im Blick zu haben konnte lebensrettend sein. Sie kaute langsam, ließ sich jeden Bissen auf der Zunge zergehen und hoffte auf eine Inspiration. Irgendetwas musste doch an diesen Maultaschen sein, sonst hätten sie die ‚Mörderischen Schwestern' nicht jeden Donnerstag bestellt! Umsonst – eine Eingebung blieb aus; das Einzige, was Paloma einfiel, war, dass der Philosophiedozent Seifensieder statt Maultaschen mit Sicherheit ein Kotelett verspeist hätte. Aber das half ihr auch nicht weiter.

Als sie wenig später über die Alte Brücke zur Uferpromenade lief, wo sie die Leiche gefunden hatten, hätte sie am liebsten ihre Chefin angerufen, um ihr mitzuteilen, dass sie den Fall Laudenklos abgeben würde. Niemals hätte sie sich darauf einlassen sollen; es war, als ob sie böse Geister geweckt hätte, die in ihr alle kreativen Gedanken abtöteten.

„Verdammt", entfuhr es Paloma, als ein Radfahrer buchstäblich im letzten Augenblick vor ihr bremste. Hatte Sabine nicht gesagt, dass die „Leiche" die Stille geliebt hatte? Aber hier am Neckarufer ging es überhaupt nicht ruhig zu. Paloma musste auf dem schmalen, unebenen Uferweg noch mehrmals zur Seite springen, um Radlern auszuweichen.

Sie stapfte im Schatten der hohen Trockenmauern den Schlangenweg hinauf, ohne auf die Eidechsen zu achten, die sich auf den warmen Steinen sonnten, und stieß auf jeder Stufe einen Fluch aus. Als sie oben auf dem Philosophenweg angekommen war, atmete sie tief durch – es ging ihr merklich besser und sie beschloss, einen kurzen Abstecher in die Theoretische Physik zu machen. Seit sie sich mit dem Fall Laudenklos beschäftigte, war ihre Beziehung zu Tom ins Stocken geraten. Höchste Zeit, mal wieder Hallo zu sagen.

Aber Tom saß weder vor seinem Computer, noch war er in der Bibliothek. Enttäuscht klopfte Paloma an die Tür zum Sekretariat. „Hallo, ich suche Tom", wollte sie sagen, doch stattdessen ertönte es: „Wir kennen uns doch – aus dem Laudenklos-Seminar – es ist eine Ewigkeit her! Hast du nicht deine Abschluss-Arbeit bei ihm geschrieben?", fragte Anja.

„Und du – warte mal – lass mich raten …" Das Thema lag Paloma auf der Zunge, doch gerade, als sie es aussprechen wollte, platzte Tom herein. „Paloma! Was ist los?"

„Nichts Besonderes", sagte Paloma. „Ich brauche nur mal eine Abwechslung." „Das trifft sich gut", grinste Tom. „Mir geht's genauso." Und zu Anja gewandt sagte er: „Bis morgen also. Wenn meine Kommissarin persönlich den Berg heraufkommt, darf ich sie nicht enttäuschen."

Anja starrte Tom an, sie war ganz blass geworden.

„Machst du Witze? Welche Kommissarin?"

Da drehte sich Paloma noch einmal um und sah, dass Anja Stilettos trug.

Das kleine Intermezzo mit Tom wirkte Wunder. Am nächsten Tag schien sich alles zu fügen, ein Indiz kam zum anderen. Paloma erfuhr durch einen Anruf bei der Vorsitzenden der ‚Mörderischen Schwestern' die Namen der Mitglieder der Heidelberger Untergruppe. Mit dieser Liste in der Hand ging sie zu Irmgard Mäusle. Es stellte sich heraus, dass die Examenskandidatinnen vergangener Jahre mit den ‚Schwestern' identisch waren. Aber das war noch nicht alles. Jede von ihnen hatte sich mit Rudolph II. oder Arcimboldo beschäftigt und keine hatte besser als mit der Note Drei abgeschlossen. Eine von ihnen war sogar durchgefallen – Anja. Was natürlich überhaupt nichts bewies. Aber warum hatte sich Anja am Tag nach Palomas Besuch im Sekretariat krankgemeldet und war seither weder telefonisch noch per E-Mail erreichbar, und warum ging keine der Schwestern ans Telefon?

Tom und Paloma saßen händchenhaltend im Philosophengärtchen. Die Sonne schien, ein leichter Dunst lag über dem Neckar, keine einzige Wolke war am Himmel.

„Und der Fall ist wirklich aufgeklärt?", fragte Tom.

„Ja", sagte Paloma lächelnd. „Vollkommen. Anja hat Windpocken – sie hat sich bei ihrer Tochter angesteckt – und die ‚Mörderischen Schwestern' sind in Berlin bei der Jahreshauptversammlung."

„Sie werden einiges zu erzählen haben", sagte Tom.

„Ja", sagte Paloma. „Was fällt, muss man stoßen – darum geht es, habe ich gehört."

„Und Laudenklos?"

„Stell dir vor", sagte Paloma, „unsere Taucher haben ein zerbeultes Mountainbike gefunden, unweit der Stelle, wo Laudenklos zu Tode kam. Über die im Rahmen eingravierte Nummer haben die Kollegen den Fahrer ermittelt. Unfall mit Todesfolge und Fahrerflucht – der Mann kann sich auf was gefasst machen!" Paloma lehnte sich zurück und lächelte. „Die Leiche hatte Prellungen und Schürfwunden, sein Anzug hatte viele kleine Löcher. Das Motto des diesjährigen Treffens der ‚Mörderischen Schwestern' habe ich dir doch schon verraten?"

„Nein", sagte Tom.

„Es heißt: ‚Zerstöckelt'", sagte Paloma.

Maultaschen (mit fertigem Nudelteig)

Rezept für beliebig viele Personen

Zutaten Füllung:

Gemischtes Hackfleisch
Ei, Salz, Pfeffer, geriebene Muskatnuss, Majoran, Thymian, Liebstöckel, evtl. Semmelbrösel, nach Belieben Petersilie, Schnittlauch, Blattspinat, Staudensellerie o.ä., außerdem: Nudelteig

Zubereitung:

Gemischtes Hackfleisch mit Ei, Salz, Pfeffer, Muskatnuss, Majoran, Thymian und Liebstöckel mischen. Sollte die Masse zu locker sein, wenig Semmelbrösel dazugeben und nochmals vermengen.
Etwas Fleischfarce abnehmen und eine Probe braten oder kochen. Variationen mit gekochter Petersilie, Blattspinat, Schnittlauch, Staudensellerie o.ä. ganz nach Geschmack.
Nudelteig auf einem bemehlten Tisch ausrollen, zwei gleich große Platten ausschneiden. Auf eine Teigplatte kleine Häufchen der Füllung legen, dabei Ränder freilassen, die Zwischenräume mit Eiweiß bepinseln, obere Teighälfte darüberlegen, fest andrücken und an den Zwischenräumen abschneiden. Auf ein bemehltes Tuch oder Blech legen. Maultaschen in Bouillon gar ziehen lassen. Herausheben und auf dem Teller anrichten. Üblicherweise mit gebratenem Speck und Zwiebelwürfeln übergießen (abschmälzen). Anrichtevariationen: mit Béchamelsoße und Käse überbacken oder mit Tomatensoße und Mozzarella überbacken oder mit Pilzen servieren. Reste von Maultaschen in Streifen schneiden und in Butter anbraten. Rührei darüber und fertig.
Dazu passt frischer grüner Salat.

Dieses köstliche Rezept wurde freundlicherweise vom Gasthaus „Hackteufel" in Heidelberg zur Verfügung gestellt.

Gasthaus Hackteufel
Steingasse 7
69117 Heidelberg
Telefon: 06221 905380
www.hackteufel.de

Jo Arnold

El Rey Rana – Der letzte Tanz

Es war ein halbes Dutzend abgetrennter Schenkel, auf die Kommissar Flügel hinunterblickte. Er konnte spüren, wie ihm Magensäure die Speiseröhre heraufkroch. Er war hart im Nehmen, aber das Bild, das sich ihm dort auf dem runden Restauranttisch bot, war mehr als er gewohnt war. Currywurst und Pommes, ja! Und gerne auch das badische Wildschwein im Maisgrießmantel als Hauptgericht, selbst wenn es mit Risotto statt mit Klößen kam. Froschschenkel, nein, nein und nochmals nein! Er schob den Teller vor sich ein Stück weg. Seine Frau sah ihn strafend an. Flügel seufzte tief und zog ihn wieder heran. Mit spitzen Fingern nahm er eines der überraschend großen Froschbeine auf und führte es widerwillig zum Mund.

„Wussten Sie, dass die hiesigen Froschschenkel aus Kolumbien stammen? Es sind die zartesten der Welt", sagte ihr Gastgeber und verschaffte Kommissar Flügel damit einen Vorwand, den Schenkel nochmals abzulegen.

„Wirklich?", murmelte er und dachte: „Das Wildschwein wäre völlig ausreichend, um mich zu beeindrucken. Das ist auch zart und war vorher nicht kalt und schleimig."

„Eigentlich", schaltete sich die Gastgeberin ein und damit ihren Gatten aus, „sind es die Nachfahren kolumbianischer Frösche. Sie stammen direkt von hier aus dem Rhein. Das Restaurant bezieht sie von der einzigen deutschen Froschfarm, die kommerziell Ochsenfrösche züchtet."

„Kaum zu glauben, was unser Mannheim alles zu bieten hat!", begeisterte sich Flügels Frau.

„Oh ja, und man weiß genau, dass die Tiere artgerecht gehalten und geschlachtet werden. Die Franzosen nehmen das nicht so genau damit, aber wir schon."

Die zwei Frauen lachten gekünstelt.

Kommissar Flügel beobachtete seine Frau Hedwig, den Polizeipräsidenten und dessen Gattin mit gerunzelter Stirn. Vielleicht würde sich die Möglichkeit ergeben, die ungeliebte Vorspeise irgendwie verschwinden zu lassen. Er sah sich verzweifelt nach einer Entsorgungsmöglichkeit um. Fehlanzeige! Vorsichtig griff er sich das Stück Frosch erneut. Zaghaft biss er hinein, überging das Kauen und schluckte. Dann kämpfte er mit seinem sich hebenden Magen. Er hasste schicke Restaurants. Er fühlte sich dort immer linkisch. Umso mehr, als er mit seinem obersten Chef hier war. Sozusagen als Belohnung für geleistete Dienste. Schöne Belohnung!

Die Präsidentengattin kam richtig in Fahrt. „Ein Ochsenfrosch kann bis zu einein-halb Kilo auf die Waage bringen, können Sie sich das vorstellen, liebe Frau Flügel? Zwanzig Zentimeter können die Tiere lang werden. Und die Zucht ist gar nicht kom-pliziert. Rund 20.000 Eier legt ein Froschweibchen, wenn es laicht."

Hedwig Flügel war beeindruckt. „Woher wissen Sie so viel darüber?"

Frau Präsidentin winkte verschämt ab. „Letztes Jahr habe ich mit ein paar Da-men aus meinem Golfclub eine Führung mitgemacht. Die Mannheimer Froschfarm ist eine hochmoderne Anlage. Es ist faszinierend."

„Das glaube ich!", erwiderte Hedwig Flügel und schickte einen Das-müssen-wir-unbedingt-auch-sehen-Blick an ihren Mann.

Die Präsidentin nickte begeistert. „Aquakultur ist eine zukunftsträchtige Indus-trie. Das Ochsenfroschfleisch ist sehr gesund. Reich an Protein und kaum Choles-terin. Hier ist es noch nicht so bekannt, aber in anderen Ländern wird es gegessen wie bei uns Huhn."

Hedwig Flügel schwenkte ein Froschbein euphorisch im Halbkreis. „Dieses Fleisch ist wirklich delikat. Da reicht Huhn bei Weitem nicht heran."

Kommissar Flügel lächelte gequält, versuchte sich vorzustellen, er esse einen Hähnchenschlegel, und biss in den Froschschenkel. Vorsichtig kaute er und schluck-te hart. Sein Handy ließ die „Tatort"-Titelmelodie erklingen. Gott sei Dank!

Seine Frau sah ihn böse an.

„Entschuldigung! Das Dienst-Handy." Flügel stand auf und eilte in den Vorraum des Speisezimmers.

„Flügel!", beantwortete er das Mobiltelefon. Er hörte eine Zeitlang zu, dann brummte er: „Ach, hmhm, ja, alles klar, ich komme gleich. – Nein, nein, kein Pro-blem."

Flügel ging zurück zum Tisch, unterdrückte ein Grinsen und machte ein bedau-erndes Gesicht. „Tut mir leid, ich muss leider sofort weg. Ein Mordfall."

Der Polizeipräsident warf Flügel einen stumm flehenden Blick zu, ihn nicht mit den beiden Frauen allein zu lassen, bewahrte dann aber seine Contenance und ent-schuldigte seinen Untergebenen.

Zu seiner sauer dreinschauenden Frau sagte Flügel: „Hedwig Schatz, du kannst gerne meine Froschschenkel haben. Wär doch schade um das gute Zeug."

„Wir sind hier nicht beim Italiener um die Ecke!", giftete sie, zog sich aber trotz-dem den fast unberührten Teller ihres Mannes herüber.

Kommissar Flügel verließ beschwingt das Restaurant und machte sich auf den Weg zum Tatort.

Das Sumpfgebiet war erwartetermaßen unübersichtlich. Es war trotz der vorgerückten Stunde heiß. Stechmücken tanzten im Gegenlicht einer untergehenden Sonne. Die Schwüle nahm Flügel fast den Atem. Von dem Schotterweg, auf dem er seinen Opel geparkt hatte, sah er das rot-weiße Absperrband. Es steckte einen Marschbereich ab, der eindeutig nicht ohne Ganzbeingummistiefel zu erreichen war. Rund um ihn quakten Frösche. Der Lärm war enorm. Flügel war noch nie so nahe an einem froschbesiedelten Feuchtgebiet gewesen. ‚Froschkonzert' war nicht der passende Ausdruck für die misstönende Kakophonie der plärrenden Biester. Immer wieder hörte Flügel zwischen lautem Quaken das Brüllen von Kühen in unglaublicher Lautstärke.

„Was zur Hölle ist das?", fragte er den jungen Streifenpolizisten neben sich.

„Amerikanische Ochsenfrösche."

Flügel glotzte ihn an. Déjà-vu!

Der junge Mann fühlte sich ermuntert, näher Auskunft zu geben. „Die Mistviecher verdrängen langsam unsere einheimischen Laub- und Wasserfrösche. Irgendein Idiot hat vor Jahrzehnten mal welche ausgesetzt, und das ist das Ergebnis. Ich gehöre dem Mannheimer NABU an. Ich weiß, wie schlimm es um unsere Amphibien steht. Dieser widerstandfähige Rana Catesbeiana ..."

„Danke!", schnitt Flügel dem eifrigen jungen Beamten das Wort ab. Er erschlug eine Mücke auf seinem Nacken und ging zu einem der Einsatzfahrzeuge, ließ sich dort Gummistiefel geben und watete los. Auf halber Strecke zu der entdeckten Leiche sank er bis über den Rand der Stiefel ein. Sie liefen mit Wasser und Entengrütze voll. Flügel verzog das Gesicht und legte den restlichen Weg mit schmatzenden Schritten zurück.

Der Tote lag schon länger im Schlamm. Er war aufgedunsen und Maden krochen unter der Haut. Ein riesiger Frosch saß auf der Männerbrust und sah den Kommissar herausfordernd an, als der sich näherte. Selbst als er direkt neben dem Leichnam stand, blieb der Ochsenfrosch sitzen.

„Schuu, mach, dass du weg kommst!" Flügel wedelte mit beiden Armen.

Der Frosch sah ihn verschlagen an, schnappte sich eine dicke Made, die aus dem linken Nasenloch des Toten kroch, und hüpfte dann auf Flügel zu. Der wich erschrocken einen Schritt vor dem Monsterfrosch zurück, blieb im Schlamm stecken und fiel nach hinten. Er fing sich ab und versank bis zur Taille und den Ellenbogen im Schmodder. Fluchend wie ein Hafenarbeiter kämpfte er sich wieder hoch. Hinter ihm erschallte Lachen. Er drehte sich erbost um. Sein Kollege Hellweger sah ihn schadenfroh an. Hellweger trug Fischerhosen, die ihn trocken und sauber hielten.

„Na, Flügel! Angst vor einem kleinen Frosch?"

„Klein? Hast du das Biest gesehen?"

Kommissar Hellweger nickte. „Du weißt doch, in Amerika ist alles viel größer und breiter. Außerdem sind diese Scheißochsenfrösche super aggressiv. Als wir hier ankamen, saßen sie überall auf dem Kerl 'rum." Er zeigte auf den Toten. „Die Bissspuren sind von den Fröschen. Die versuchen, an die Maden unter der Haut zu kommen. Wenn die Zähne hätten, wär' der schon lange Hackfleisch."

Flügel guckte ungläubig. „Irgendwelche Anhaltspunkte, wer der Tote ist?"

„Ziemlich genaue sogar. Er hatte einen Ausweis bei sich. Der Mann heißt Juan Miguel Lévez. Deutsch-Kolumbianer in der zweiten Generation. Sein Vater betreibt ein Stück den Rhein 'runter eine Froschfarm."

Noch ein Déjà-vu! Flügel starrte seinen Kollegen sprachlos an. Hellweger glaubte, Flügel sei über die unerwartete Existenz einer Froschfarm am Rhein so verblüfft, und fuhr fort: „Ja, die züchten da seit sage und schreibe 20 Jahren Speisefrösche. Wahrscheinlich war unser Juan hier auf einer Froschsafari, um neue Zuchtfrösche zu fangen."

„Du meinst, er ist verunglückt?"

„Verunglückt worden. Komm mal hier 'rum!"

Zusammen kämpften sich die beiden Kommissare durch den Morast zum Kopf des Toten. Hellweger strich mit einer behandschuhten Hand ein klebriges Haarbüschel zurück. Im Schädel des Mannes klaffte ein Loch.

„Erschossen!", stellte Flügel fest.

Hellweger nickte. „Wie es aussieht, aus einiger Entfernung. Der Täter hat sich die Füße nicht nass gemacht."

Flügel sah Hellweger an. „Ein erschossener Kolumbianer. Das riecht doch geradezu nach Drogengeschäften."

Hellweger nickte wieder. „Abwarten, was die Gerichtsmedizin sagt. Kommst du mit zu Juans Eltern?"

„Klar!"

Über der Einfahrt der Farm prangte ein Schild mit einem grinsenden Frosch und dem Schriftzug ‚El Rey Rana' in geschwungenen Lettern. Der Komplex umfasste einen großen Uferbereich des Rheins, eine Halle und, etwas abseits, ein Wohnhaus. Alles war mit Metallmaschendrahtzaun großzügig eingefasst. Das Ufergebiet erschien fast naturbelassen. Überall war das unangenehme Kuhgebrüll zu hören.

„Der Name Ochsenfrosch kommt nicht von ungefähr", murmelte Flügel vor sich hin. „Wie können die hier wohnen? Bei dem Krach würde ich kein Auge zutun."

Hellweger zuckte die Achseln. „Alles Gewohnheit. Drumherum will aber keiner wohnen. Ideal für einsame Drogengeschäfte, was?"

Gemeinsam stellten sich die Kommissare dem kolumbianischen Froschfarmer vor.

Luis Filipe Lévez sah den beiden deutschen Beamten offen in die Augen. „Juan ist tot, nicht wahr?", fragte er in akzentfreiem Deutsch.

„Ja", bestätigte Flügel die Vermutung des Vaters.

„*Hijos de puta*, diese Hurensöhne haben ihre Drohung also wahr gemacht." Luis Lévez ballte die Fäuste.

Flügel betrachtete den mittelgroßen, hageren Mann mit dem lateinamerikanischen Teint. Hinter ihm tauchte eine gutaussehende, schwarzhaarige Frau Anfang vierzig auf. Sie sah die Polizisten aus zwei glühenden Kohleaugen an.

„Mein Sohn?"

Luis drehte sich zu seiner Frau um und schüttelte den Kopf. „*Es muerto.*"

Sie stieß einen animalischen Schrei aus und sackte schluchzend an die Wand.

Luis schaute wieder die beiden Polizisten vor sich an. „Kommen Sie herein. Wir haben viel Schuld auf uns geladen. Das Leben unseres Sohnes war der Preis. Ich werde Ihnen alles erzählen."

Flügel und Hellweger wurden in ein Wohnzimmer geführt, das Lust auf Urlaub machte. Die Korbmöbel, gewebte Teppiche an der Wand, helle Erdtöne überall – Flügel fühlte sich an sein Hotel auf den Kanaren erinnert. Sie setzten sich auf die angebotene Couch. Luis Lévez setzte sich ihnen gegenüber. Im Gang schluchzte seine Frau leise vor sich hin.

„Wir haben diese Farm seit 23 Jahren. Juan wurde in Mannheim geboren. Für ihn wollten wir hier eine Existenz aufbauen. Jetzt, nachdem er uns genommen wurde, macht es keinen Sinn mehr, etwas zu verheimlichen. Wir wurden jahrelang erpresst. Die Mafia."

Flügel zog zweifelnd die Augenbrauen hoch.

Hellweger fragte: „Man hat Sie um Schutzgeld angegangen?"

Der Kolumbianer nickte. „Und man hat uns um Gefälligkeiten gebeten."

„Welcher Art? Drogen?"

Luis Lévez schüttelte den Kopf und lachte bitter. „Wenn es nur das gewesen wäre. Nein, man hat hier unerwünschte, unbequeme oder ungehorsame Elemente entsorgt."

„Bitte?", fragte Flügel, über die Wortwahl des Mannes ihm gegenüber überrascht.

Dieser atmete tief ein und wieder aus. „Mit dem, was ich Ihnen jetzt sage, vernichte ich mein Lebenswerk."

Hellweger und Flügel lehnten sich nach vorne, als könnten sie so schneller an die Informationen gelangen.

„Wir haben hier Leichen an unsere Frösche verfüttert. Viele."

Die Polizisten sogen zeitgleich die Luft ein. In Flügels Kopf spielten sich Szenen der vergangenen Stunden ab: Froschschenkel auf dem Teller, der madenfressende Monsterfrosch auf der Brust des Toten, ein junger Streifenpolizist. *Die sind widerstandsfähig und super aggressiv. Wenn die Zähne hätten ...*

Flügel stellten sich alle Körperhaare gleichzeitig auf. Er hatte zwei kleine Stückchen Froschfleisch aus dieser Farm gegessen, also indirekt Menschenfleisch verzehrt. Ihm wurde schlecht.

Wie durch einen Wattebausch im Kopf hörte er Hellweger fragen: „Wie viele, wen und wie?"

Der Kolumbianer zog die Schultern hoch. „Das weiß ich nicht genau. Zirka zwei bis drei pro Monat. Sie haben sie schon zerkleinert geliefert. Immer in schwarzen Müllsäcken. Wir mussten das Häckselgut nur noch auf die Tanzgitter verteilen. Den Rest erledigen die Frösche."

Flügel schluckte sauren Mageninhalt. „Häckselgut? Menschen?"

Der Froschfarmer nickte beschämt.

„Was sind Tanzgitter?", wollte Hellweger wissen.

„Kommen Sie, ich zeige es Ihnen!"

Zu dritt gingen die Männer aus dem Haus, vorbei an Frau Lévez, die wimmernd in sich zusammengesackt war. Luis Lévez führte die beiden Beamten in die zweihundert Meter entfernte Halle. Er schaltete das Licht an. Der riesige Raum erstrahlte unter großen Kaltlichtlampen. Blauweiß und gespenstisch. Hellweger und Flügel sahen enorme Becken, die allerdings leer waren. Sie gingen den Mittelgang hinunter. Die zweite Hälfte der Halle war zum Fluss hin offen. Die Ochsenfrösche konnten ungehindert in ein Gehege hinaushüpfen. Kurz über dem Boden hingen große, viereckige Siebe, die über Stege zu erreichen waren.

„Passen Sie auf", sagte der Kolumbianer. Er holte einen versiegelten Sack aus einem separaten Vorratsraum. Die ersten Frösche kamen, durch das Licht angelockt, in die Hallenumzäunung gehüpft. Luis schnitt mit einem Kartonmesser den Sack auf. Ihm entströmte ein Geruch nach Fisch und Müsli. Kraftvoll wuchtete er die Last auf einen der Stege und trug ihn bis in die Mitte des Geheges. Dann schüttete er die Futterschnitzel auf eines der Gitter und kehrte zurück. Er ging zu einer Schalterleiste an der Wand und drückte auf einen Knopf. Das Gitter begann zu vibrieren. Die Schnitzel waren gerade groß genug, um nur zum Teil durch die Löcher zu rutschen. Die Frösche unter dem Drahtgeflecht wurden von einem Moment zum nächsten zu einer brodelnden, wilden Masse aus schnappenden, breiten Mäulern. Sie zerrten Stück für Stück durch das Gitter. Innerhalb kürzester Zeit blieb nichts übrig, außer ein paar Stücken, die zu groß gewesen waren. Luis Lévez schaltete die Fütterautomatik ab. Die Frösche beruhigten sich.

Hellweger und Flügel fehlten die Worte. Sie folgten dem Kolumbianer zurück ins Haus und saßen eine Weile sprachlos auf dem Sofa.

„Ich schreibe Ihnen die Namen der Männer auf", sagte der Kolumbianer und holte einen Block und Stift.

Flügel sah ihn an. „Wir werden Sie auch mitnehmen müssen."

„Ich weiß, aber vielleicht warten Sie damit bis morgen? Ich möchte meine Frau noch zu Bekannten bringen. Sie sehen ja, in welchem Zustand sie ist." Das Flehen in der Stimme des Mannes war nicht zu überhören.

Flügel sah Hellweger an und dieser nickte. Die Kommissare nahmen die Liste der Mafiosi entgegen und gingen.

Luis Lévez nahm seine Frau in den Arm. Ihre Augen waren wieder trocken.

„Einen Namen habe ich nicht auf die Liste geschrieben, mi Corazón", sagte er.

Sie nickte und lächelte wissend. Er küsste sie auf die Stirn.

„Ich bin bald zurück."

Der Kolumbianer ging in die Halle und holte sich das Häutungsmesser. Dann fuhr er den weißen ‚El Rey Rana'-Lieferwagen mit dem grinsenden Frosch auf der Seite an seinen Werkzeugschuppen und rollte den Gartenhäcksler heraus. Er verlud ihn und fuhr zielstrebig in die Innenstadt. Dort nahm er die Kunststraße und parkte in einer der Parkgaragen, auf einem Frauenparkplatz auf dem ersten Parkdeck. Er hievte den Häcksler aus dem Lieferwagen und zog ihn hinter sich her, wie eine alte Frau ihren Einkaufstrolley. Vier Stunden später kam er zurück. Ohne Häcksler, aber stattdessen mit einem großen schwarzen Müllsack, der allem Anschein nach sehr schwer war.

Zum zweiten Mal in dieser Nacht fütterte Luis Lévez seine Frösche. Das war eigentlich nicht gut für die Tiere, aber Luis interessierte das nicht mehr. Er schüttete den Inhalt des Müllsacks auf eines der Tanzgitter. Blut triefte zu Boden und benetzte die darunter sitzenden, wartenden Frösche. Luis ging und schaltete das Gitter ein. Es begann zu vibrieren und die kleinen Fleischstückchen darauf hüpften unkontrolliert. Juan Lévez' Mörder tanzte seinen letzten Tanz.

Wildschweinrücken im Maisgrießmantel gebraten auf Graupen-Kerbel-Risotto

Rezept für 4 Personen

Zutaten Wildschweinrücken:

750 g Wildschweinrückenfilet (ohne Knochen und küchenfertig von Ihrem badischen Jäger)
8 EL Mehl
2 Eier
200 g Maisgrieß
30 g Butter
Salz, Pfeffer
8 EL Öl

Zutaten Graupen-Kerbel-Risotto:

2 Schalotten
3 EL Öl
250 g Graupen
150 ml Noilly Prat
800 ml Wasser/Fond
Salz, Pfeffer
1 Bund Kerbel
50 g Pecorino oder Parmesan/Grana Padano
60 ml Sahne

Zubereitung:

Für das Risotto die Schalotten schälen und fein würfeln. Das Öl in einem Topf erhitzen und die Schalottenwürfel darin andünsten, die Graupen zugeben und kurz mitgaren. Mit Noilly Prat ablöschen und nach und nach beim Garen die Flüssigkeit zugeben. Mit Salz und Pfeffer würzen und während der ca. 25-minütigen Garzeit immer wieder umrühren.

Den Kerbel waschen und fein schneiden, den Käse raspeln und die Sahne schlagen. Kurz bevor das Risotto fertig ist, den Käse beigeben und vor dem Servieren den Kerbel und die Sahne unterheben.

Vom Wildschweinrückenfilet, wenn nötig, Fett und Sehnen entfernen. Das Fleisch in 8 gleich große Stücke (je ca. 80g) schneiden und flach klopfen. Die Medaillons mit Salz und Pfeffer würzen.

Die Eier verquirlen. Das Fleisch erst im Mehl wenden, dann durch das Ei ziehen und anschließend mit dem Maisgrieß panieren. Gut andrücken.

Öl in einer Pfanne erhitzen und die Medaillons bei mittlerer Hitze darin ungefähr 3 Minuten von jeder Seite braten. Gegen Ende die Butter in die Pfanne geben, um eine schöne Bräunung und den guten Buttergeschmack zu erhalten.

Anrichten:

Das Graupen-Kerbel-Risotto auf 4 Tellern verteilen und die Wildschweinmedaillons darauf anrichten.

Dieses köstliche Rezept wurde freundlicherweise von der Waldgaststätte „Vier-Stöck" in Reichelsheim zur Verfügung gestellt.

Waldgaststätte Vier-Stöck
Familie Selig
Am Morsberg 20
64385 Reichelsheim
Telefon: 06164 1371
www.vier-stoeck.de

Bettina Hellwig

Mit pharmazeutischer Sorgfalt

Bernward walzte die Harzdrüsen der Cannabispflanzen zwischen zwei Blättern aus Alufolie zu einer grünlichen Teigplatte aus. Anschließend würde er sie in Streifen schneiden und auf dem Pillenbrett zu kleinen Kügelchen drehen. Solche Pillen waren in einem modernen Betrieb wie seiner Goethe-Apotheke zwar obsolet, aber Bernward fand, dass sich die uralte Darreichungsform für Haschisch hervorragend eignete. Man konnte die Pillen entweder rauchen oder oral applizieren – je nach Bedarf. Mit einem angewärmten Bügeleisen glättete er die Masse und sog den aufsteigenden Duft ein, der bei ihm heute, anders als sonst, eine leichte Übelkeit hervorrief. Vielleicht sollte er langsam Schluss machen, dachte er, schließlich war es fast acht Uhr.

Als plötzlich das durchdringende Piepen seines Handys auf dem Regal über dem Labortisch die abendliche Stille durchbrach, stellte er das Bügeleisen ab. Bernwards Puls beschleunigte sich, während er nach dem Gerät griff, um die Kurzmitteilung abzulesen. Noch bevor er die SMS vollständig entziffert hatte, durchbohrte ein scharfer Stich seinen Oberkörper. Das Handy fiel ihm aus der Hand und glitt klappernd über die Fliesen. Er fasste sich an die Brust, doch nichts konnte den wütenden Schmerz eindämmen, der sich in Sekundenschnelle über seine gesamte linke Körperseite ausbreitete. Bernward taumelte, fiel gegen die Kante des Labortisches und stürzte zu Boden, wobei er eine fertige Partie Pillen mitriss.

Die blonde Wetterfee im Fernsehen kündigte ruhiges Herbstwetter an, während sich Petra in der Wohnung über der Apotheke fragte, wo ihr Ehemann blieb. Mit der Arbeit im Labor müsste er längst fertig sein. Sie waren jetzt seit über 20 Jahren verheiratet, und Bernwards Tagesablauf war in der Regel so voraussehbar wie die täglichen 20-Uhr-Nachrichten.

So war es zumindest in den Zeiten vor Ramona gewesen, der neuen Apothekerin, die Bernward vor einem Jahr eingestellt hatte. Er ging auf die Fünfzig zu und hatte so langsam eine Pause verdient, hatte er zu Petra gesagt und sich im Tennisclub Aichtal angemeldet. Ramona war frisch von der Uni Freiburg nach Grötzingen gekommen und sollte ihn bei der Arbeit in seiner Apotheke entlasten. Nach zwanzig Jahren kam auch Petra langsam in das Alter, in dem die Absätze an den Schuhen niedriger und die Betten höher werden mussten. Erst letztes Jahr hatten sie und

Bernward sich ein neues Schlafzimmer zugelegt, mit einer höhenverstellbaren Mechanik und einer ausfahrbaren Rückenlehne.

Ramona war Mitte zwanzig, gerade einmal halb so alt wie Petra. Petra unterstützte ihren Mann bei Ramonas Einarbeitung. Vor allem achtete sie auf das seriöse Erscheinungsbild der Apotheke. Dazu gehörte, dass Ramona ihre schulterlangen blonden Locken zu einem Pferdeschwanz zu binden hatte, aus Sicherheitsgründen und wegen der Hygiene. Außerdem bestand Petra darauf, dass Ramona ihren Apothekenkittel vorschriftsmäßig zuknöpfte und Birkenstock-Gesundheitslatschen mit Sicherheitsschnallen um die Fersen trug, wie sie selbst und alle Mitarbeiter. Schließlich sollte das Apothekenpersonal nach außen ein einheitliches Bild abgeben, fand Petra. Ramona war beliebt, vor allem bei der männlichen Kundschaft. Leider war der Ertrag der Apotheke trotz aller Bemühungen auch im laufenden Jahr wieder gesunken, eine Folge der unzähligen Gesundheitsreformen in den letzten Jahren, die ihnen auf der anderen Seite immer mehr Aufwand bescherten.

Ramona war es, die darauf kam, den sinkenden Ertrag mit dem Verkauf von Haschisch aufzubessern. In ihren Freiburger Studienzeiten war sie an einem wissenschaftlichen Projekt zur Entwicklung eines Arzneimittels aus Cannabis beteiligt gewesen. Damit sollten Migräne und Rheuma behandelt werden. Dass Projekt war bei den Studenten beliebt, denn außer Ruhm und Ehre fielen gelegentlich auch ein paar Joints ab.

Ramona überzeugte Bernward davon, dass man Haschisch als Phytotherapeutikum ansehen konnte. Petra hatte ihre Zweifel, ob diese Argumentation vor Gericht Bestand haben würde, denn der Gesetzgeber sah das eindeutig anders. Cannabis war und blieb ein illegales Betäubungsmittel.

Den Anbau der Cannabis-Pflanzen übernahm Leon, Ramonas Freund, der sich als Künstler in Grötzingen niedergelassen hatte. Er hatte im Gewerbegebiet eine alte Fabrikhalle als Atelier für seine Holz-Erde-Installationen gemietet. Da seine Kunstwerke jedoch nichts einbrachten, stieg er auf die Kultivierung von Cannabis um.

Zu Petras Verwunderung stürzte sich Bernward mit deutlich mehr Begeisterung auf den neuen Geschäftszweig, als er für andere Belange in der Apotheke aufbrachte.

„Wozu uns die Bürokraten in den Krankenkassen derzeit zwingen, widerspricht jedem pharmazeutischen Sachverstand", fand er und vertraute beim Umsetzen der seiner Meinung nach unsinnigen Regelungen auf seinen Softwareanbieter. Er selbst wandte sich lieber echten fachlichen Herausforderungen zu und verarbeitete die

Cannabisernte im Apothekenlabor nach Feierabend zu pharmazeutisch einwandfreier Ware in bester und gleichbleibender Qualität. Oft half ihm Ramona dabei. Einen großen Teil der Ware gab er unter der Hand an ausgesuchte Patienten ab, die an Migräne, Multipler Sklerose oder Krebserkrankungen litten. Diesen Patienten konnte er mit seinen illegalen Aktivitäten zu einer besseren Lebensqualität verhelfen. Den Rest der Ware setzte Leon über eher zweifelhafte Kontakte ab.

Parallel zur Ausweitung des Geschäfts entwickelte Bernward Eigenarten, die Petra bisher unbekannt gewesen waren. Er ließ sich einen Dreitagebart stehen und ging regelmäßig zum Friseur. Petra musste zugeben: Während sie selbst sich über die silbernen Fäden ärgerte, die ihr eigenes rotbraunes Haar durchzogen, standen Bernward die angegrauten Schläfen und der grau melierte Bart wirklich gut. Außerdem gab er seinen alten Lieblingspullover in die Altkleidersammlung, denn die Löcher darin übertrafen mittlerweile die Ausmaße der Norwegermuster. Als Ersatz kaufte er sich mehrere Kaschmirpullover und Hemden in modischen Rottönen. Sogar seine geliebten alten Treter brachte er nicht mehr zum Schuster, sondern ersetzte sie durch zwei neue Paare im oberen Preissegment.

Vielleicht lag das an den Joints, die er sich jetzt immer häufiger nach Feierabend gönnte, oft zusammen mit Ramona. Petra hatte nie geraucht, und Joints schon gar nicht. Von dem neuen Geschäft mit dem Haschisch hielt sie nicht viel.

„Qualitätskontrolle", sagte Bernward grinsend, wenn er nach getaner Arbeit an seiner Zigarette zog, und brach gemeinsam mit Ramona in albernes Gelächter aus.

Manchmal kam Leon dazu. Meistens zog sich Petra zurück, bevor der zweite Sixpack vernichtet war und die drei das Nachtdienstzimmer der Apotheke mit dicken Rauchschwaden vollständig vernebelt hatten.

Petra sah auf die Uhr. Um kurz nach acht müsste Bernward längst mit der Arbeit fertig sein. An Ramona konnte die Verzögerung diesmal jedenfalls nicht liegen, denn die war für drei Tage nach Freiburg gefahren. Petra ging die Treppe hinab ins Erdgeschoss, wo sich die Apothekenräume befanden. Das Labor lag weiter unten im Keller. Normalerweise konnte man die Mischung aus Lösungsmitteln und Baldrian schon auf der Treppe riechen. Jetzt wurde dieser Geruch von bitter-brenzligem Haschisch überlagert.

Als sie auf ihr Rufen keine Antwort bekam, ging Petra eine Treppe weiter hinab in den Keller. Aus dem Labor hörte sie ein Stöhnen. Sie spähte durch die offene Tür und erschrak. Bernward lag zusammengekrümmt in einem Bett von grüngelben Kügelchen und schnappte panisch nach Luft. Seine Hände hatte er krampfhaft gegen die Brust gepresst. Das Handy lag an der Türschwelle direkt vor Petras Füßen.

Sie hob es hoch, um den Notarzt zu alarmieren. Das Display zeigte eine SMS. Bevor Petra sie wegdrücken konnte, stachen ihr die Worte „geil" und „Hengst" ins Auge. Solche Begriffe wären ihr im Zusammenhang mit Bernward nie im Leben in den Sinn gekommen. Der Rest der SMS bewegte sich auf einem ähnlichen sprachlichen Niveau. Petra las sie ein weiteres Mal und dann wieder und wieder. Es konnte keinen Zweifel geben: Hier wollte sich eine Frau mit Bernward zu Aktivitäten verabreden, die in ihrer Ehe seit zehn Jahren fast kein Thema mehr waren. Und schlimmer noch: Die SMS kam eindeutig von Ramona und ließ keinen Zweifel daran, dass es sich hier nicht um einen einmaligen Vorgang handelte.

Petra stockte der Atem. Ihr wurde schwindelig, sie taumelte und wäre fast neben Bernward gelandet, der seine Arme hilfesuchend nach ihr ausstreckte. Tränen traten ihr in die Augen. Dann atmete sie tief durch, machte langsam kehrt und ging zurück in die Wohnung. Im Fernsehen lief eine langweilige politische Talkshow, die sie sich bis zum Ende ansah. Anschließend ging sie ins Labor zurück und beugte sich prüfend über Bernward. Als sie sicher sein konnte, dass jede medizinische Maßnahme zu spät kommen würde, ließ sie Alufolie und Kügelchen in dem blauen Plastikkanister für Alt-Arzneimittel verschwinden und wählte die Notrufnummer.

Eine Woche später füllte Petra vorsichtig graue Ascheflocken in eine unauffällige Standard-Pfeffermühle aus Plexiglas, wo sie sich mit den grünen, roten, weißen und schwarzen Körnern vermischten. Bernward hätte das gefallen, denn Pfeffer liebte er über alles. Auf diese Weise würde er an dem Festessen zu seinem 50. Geburtstag teilnehmen, auch wenn er sich das selbst wahrscheinlich in einer anderen Form gewünscht hätte. Es war nicht schwer gewesen, seine sterblichen Überreste am Tag vor der Beerdigung in einem unbeobachteten Moment in der Aussegnungshalle aus der Urne zu nehmen und gegen gewöhnliche Kaminasche auszutauschen.

Petra steckte die Pfeffermühle in ihre neue rote Handtasche. Dann zog sie ihren ebenfalls neuen Kaschmir-Mantel gegen die Novemberkälte über, stieg in ihr Mercedes-Cabrio – auch das war neu – und fuhr in das Schloss-Restaurant, das beste weit und breit, wie Bernward immer gefunden hatte. Das Grötzinger Schloss, die Augustenburg, hatte seinen Namen von der Markgräfin Augusta Maria, die es nach dem Tod ihres Gatten, des Markgrafen Friedrich Magnus, komplett umbauen ließ. Das Restaurant befand sich in einem Nebengebäude, einem Fachwerkbau, der ursprünglich die gräflichen Pferde beherbergt hatte.

Seit ihrer Heirat hatten Bernward und Petra fast jeden seiner Geburtstage im Schloss-Restaurant gefeiert. Grimmig dachte Petra daran, dass im nächsten Jahr ihre Silberhochzeit fällig geworden wäre und ebenfalls hier hätte stattfinden sollen. Das Essen war nicht ganz billig, aber seinen Preis durchaus wert. Köstlicher und stilvoller konnte man in Grötzingen nicht essen, hatte Bernward immer gesagt. Schade, dass er es diesmal nicht wirklich genießen konnte.

Sie sog die kalte Luft ein, die bereits nach Schnee roch, nahm die Schultern zurück und schritt durch den Eingang, der von flackernden Fackeln festlich beleuchtet wurde. Im Vorraum des Restaurants erwartete Ramona sie bereits. Ein kniekurzes, eng anliegendes, grünes Jerseykleid brachte ihre schlanke Figur bestens zur Geltung und harmonierte mit ihren blonden Locken. Die Absätze ihrer Pumps waren höher als für ihre Kniegelenke gesund sein konnte, fand Petra. Wie immer konnte sie außerdem deutlich erkennen, dass Ramona keinen BH trug. Petra hatte eine Röhrenjeans und eine modisch bunt gemusterte Tunika angezogen, die den überschüssigen Bauchspeck gnädig verdeckte. Nach der Begrüßung – Küsschen links, Küsschen rechts und wieder links – ging Petra in den Gastraum. Ramona stöckelte hinterher.

Auf dem reservierten Tisch brannte eine Kerze. Wie früher, dachte Petra in einem sentimentalen Anflug, der aber sofort verging, als sie Ramona dabei beobachtete, wie sie sich in die Speisekarte vertiefte. Petra hätten wetten können, dass sie die Karte von rechts nach links las, vor allem, weil sie eingeladen war. Petra nahm ihre Lesebrille heraus. Billig würde der Abend für sie nicht werden, aber das war es ihr wert. Unauffällig platzierte sie die Pfeffermühle neben dem Menage-Set.

Nachdem beide gewählt hatten, brachte der grauhaarige Kellner den Rotwein. Petra probierte, ließ die Flüssigkeit im Glas kreisen, beobachtete die Schlieren an den Glasrändern und ließ feierlich einen Schluck im Mund zergehen. Sie schnalzte anerkennend mit der Zunge und nickte. Nachdem der Kellner auch Ramona eingeschenkt hatte, prosteten sie sich zu.

„Auf Bernward", sagte Petra und hob das Glas. „Heute wäre er fünfzig geworden."

„Auf die Zukunft", antwortete Ramona.

Der Kellner brachte zwei Suppen und platzierte sie elegant vor den beiden Frauen. Eine Weile löffelten sie schweigend, dann strich sich Ramona eine blonde Haarsträhne hinter das Ohr.

„Wir müssen unbedingt mit der Kammer sprechen", begann Ramona, „wegen der offiziellen Leitung der Apotheke."

„Für die Formalitäten haben wir genügend Zeit", antwortete Petra und musterte die Ränder, die Ramonas Lippenstift auf deren Weinglas hinterlassen hatten. „Bernward ist schließlich noch nicht lange unter der Erde."

„Das Geschäft muss weiterlaufen", sagte Ramona, „Bernward hätte das so gewollt."

„Da bin ich nicht mehr so sicher", sagte Petra. „Mir scheint, er hat seine Interessen in letzter Zeit in eine andere Richtung verlagert. Und damit meine ich nicht die Anmeldung im Tennisclub." Trotz des gedimmten Lichts konnte sie beobachten, wie Ramonas Wangen sich röteten.

Der Hauptgang wurde serviert, die Spezialität des Schloss-Restaurants. Als die silbernen Hauben abgehoben wurden und den Blick auf das mit frischer Petersilie dekorierte Essen freigaben, verbreitete sich ein köstlicher Duft.

„Tafelspitz an Bratkartoffeln in Tomaten-Gemüse-Vinaigrette", verkündete der Kellner. „Wenn ich mir einen Hinweis erlauben darf: Frisch gemahlener Pfeffer gibt dem Gericht seinen besonderen Pfiff."

Petra lächelte und reichte Ramona die Mühle. Die schob ihre Hand zurück.

„Sein Tod kam so plötzlich", sagte Ramona. „Bernward war sportlich und kerngesund."

„Das hat er dir vielleicht erzählt", sagte Petra. „Ein früher Herzinfarkt liegt bei ihm in der Familie. Er war fast fünfzig, hatte zu hohes Cholesterin und nebenbei auch noch Beschwerden mit der Prostata. Aber darüber hat er mit dir natürlich nicht gesprochen."

„Seltsam ist es schon", sagte Ramona nachdenklich. „An einem Herzinfarkt stirbt man nicht so schnell. Bernward muss längere Zeit im Labor gelegen und mit dem Tod gerungen haben. Und da hast du gar nichts gemerkt?"

„Er war in letzter Zeit öfter stundenlang verschwunden." Petra sah Ramona scharf an. „Das solltest du doch am besten wissen."

Ramona griff nach der Pfeffermühle.

„Stimmt es, dass er obduziert wurde?"

Petra nickte.

„Die Polizei sagt, es war ein Herzinfarkt. Tödlich, und jede Hilfe kam zu spät."

Ramona verteilte gleichmäßig Pfeffer auf ihrem Teller, schnitt ein Stück Rindfleisch ab, steckte es in den Mund und kaute schweigend. Petra beobachtete sie eine Weile. Dann legte sie ihr Besteck zur Seite und sagte: „Du solltest dir eine neue Stelle suchen."

Ramona schluckte hastig den Bissen hinunter und sah sie an.

„Aber – alleine kannst du die Apotheke nicht leiten, du bist nur Assistentin."

„Ich werde sie verkaufen."

„Dazu hast du kein Recht!" Ramonas laute Stimme störte die vornehm gedämpfte Stimmung im Lokal. „Es war Bernwards Apotheke und er wollte …"

Petra schnitt ihr das Wort ab. „Woher weißt du so genau, was er wollte?"

„Ich an deiner Stelle würde mir das noch einmal gut überlegen." Ramona beugte sich über den Tisch und senkte die Stimme zu einem Flüstern. „Schließlich steckst du mit drin in unserem gemeinsamen Geschäft. Ich kann dir 'ne Menge Ärger machen."

Petra lehnte sich in ihrem Stuhl zurück. „Ich habe mich aus dem Haschgeschäft rausgehalten", sagte sie. „Das war eher eine Sache von Bernward und dir. Jetzt ist er tot. Und nun entscheide ich." Sie hob die Pfeffermühle hoch und schüttelte sie vielsagend. „Auch wenn er heute Abend dabei ist – er hat sicher nichts mehr dagegen."

Ramonas Augen weiteten sich. Sie schluckte schwer und ließ die Gabel fallen.

„Außerdem kannst du bald ohnehin keine Apotheke mehr leiten", sagte Petra.

„Wie meinst du das?" Ramona schnappte nach Luft.

Petra sah auf die Uhr. „Die Polizei dürfte gerade jetzt Leons Cannabis-Pflanzungen auseinandernehmen. Eine Spur führt zu dir. Dafür habe ich gesorgt."

Ihr Blick wanderte zur Tür, durch die im selben Moment zwei Streifenpolizisten und zwei Männer in Zivil hereinkamen und auf ihren Tisch zusteuerten.

„Apothekerin und illegale Drogengeschäfte", sagte Petra, „Ich glaube kaum, dass du deine Approbation behalten wirst."

Als die Polizisten Ramona abführten, ließ diese ihre braune Naturleder-Handtasche über der Stuhllehne hängen. Petra nahm die Pfeffermühle vom Tisch und legte sie hinein. Dann beglich sie die Rechnung und verließ das Restaurant. Die Handtasche würde sie zu Ramona auf die Polizeistation bringen.

Lauwarmer Tafelspitz in Tomaten-Gemüse-Vinaigrette mit Bratkartoffeln

Rezept für 2–4 Personen

Zutaten Tafelspitz:
1 Stück Tafelspitz (250–1000 g)
Sellerie
Lauch
Karotten
1 Lorbeerblatt
2 Wacholderbeeren
Pfefferkörner

Zutaten Vinaigrette:
60 g blanchierte Gemüsewürfel
30 g Zwiebelwürfel
30 g Tomatenwürfel
1 EL gehackte Petersilie
1 EL Schnittlauch
0,5 EL Senf
20 ml Essig
1/8 l Rapsöl
Salz und Pfeffer nach Geschmack

Zubereitung:
Den Tafelspitz wie eine Brühe mit Sellerie, Lauch, Karotten, 1 Lorbeerblatt, 2 Wacholderbeeren und einigen Pfefferkörnern ansetzen und 1,5 bis 2 Stunden sieden lassen.

Für die Vinaigrette den Essig, Gewürze, Senf und Öl mit einem Schneebesen gut vermengen. Die restlichen Zutaten beigeben und einige Stunden kalt stellen.

Den gegarten Tafelspitz lauwarm in feine Scheiben schneiden. Die Vinaigrette über die Scheiben verteilen. Mit einem Salatbukett garnieren. Dazu reicht man knusprige Bratkartoffeln. Zum Schluss wird grober Pfeffer darübergemahlen.

Dieses köstliche Rezept wurde freundlicherweise von Herrn Thomas Nerding, dem Inhaber von „Nerdings Restaurant" in Karlsruhe-Grötzingen, zur Verfügung gestellt.

Nerdings Restaurant
Am Grollenberg 9
76229 Karlsruhe
Telefon: 0721 7918588
www.nerdings-restaurant.de

(Anm. d. Verf.: Seit dem 1. Juli 2011 hat Herr Thomas Nerding sein Restarant nach Mallorca verlegt. www.pulagolf.com
Unter der Adresse in Karlsruhe-Grötzingen finden Sie seit Juni 2011 das „Restaurant am Grollenberg". www.restaurantamgrollenberg.de)

Antje Fries

Verkocht

„Allez, allez, vite, vite!", zischte Maître Jean-Georges und schob eine Servicekraft beiseite. „Wie oft muss ich euch noch sagen, dass hier Platz zu sein hat, wenn ich nach draußen will zu den Gästen!"

Die beiden gertenschlanken Serviererinnen rollten mit den Augen: Derlei waren sie gewohnt und nahmen es kaum noch ernst. Der Maître nahm sich wichtig, aber wo wäre er ohne sein Personal? In der kommenden Saison wäre außerdem keine der beiden mehr hier, denn im „Empereur" wurde jährlich gewechselt, das war von vornherein klar gewesen.

„Herta, wo bleiben die Filets! Ich warte!"

Herta Mayer wartete auch. Als ungelernte Kraft war sie damals in die Küche der „Goldenen Gans" im Nachbarort gegangen, weil ihr Mann einfach keine Arbeit fand. Wenig später hatte sie den Laden allein geschmissen.

Dann hatten sie den alten Winzerhof des Onkels übernommen, das Wohnhaus renoviert und in die Lagerhalle eine hochmoderne Küche einbauen lassen. Im benachbarten Saal, einer der typisch rheinhessischen „Kuhkapellen", einem ehemaligen Stall mit Kreuzgewölbe und steinernen Säulen, speiste seitdem, wer es sich leisten konnte, und im Garten dahinter war so manches Brautpaar für die Ewigkeit abgelichtet worden, zwischen den üppigen Rosen, am wilhelminischen Gartenhäuschen, auf der romantischen Brücke über den Goldfischteich.

Aber so erfolgreich der „Empereur", benannt nach dem in der Kaiserzeit gestalteten weitläufigen Garten, auch lief – Herta Mayer wartete. Darauf, dass ihr Mann irgendwann einmal ein Kochbuch aufschlüge und versuchte, sein erstes eigenständiges Gericht zu kochen. Darauf, dass er ihre Kochkünste endlich anerkennen und sie wenigstens abends unter vier Augen einmal loben würde. Darauf, dass er sie zur Küchenchefin machen würde oder wenigstens ihren Namen mit in Briefkopf und Speisenkarte aufnähme.

Geduldig war sie schon immer gewesen. Ihre Schwester Irma hatte das früh erkannt und noch am Abend vor Hertas Hochzeit befunden: „Du bist ein gutmütiges Kamel, meine Liebe, also pass' auf, dass er dich nicht unterbuttert, dein Hannschorsch!"

Schon damals hatte ihr Hans-Georg Dutzende ertragreicher Geschäftsideen gehabt, von denen sich nie auch nur eine in die Realität umsetzen ließ. Herta hatte mit den Schultern gezuckt und fortan dafür gesorgt, dass sie über die Runden kamen. Erst als Köchin in der „Goldenen Gans" und nun schon zehn Jahre lang im „Empereur". Seit dessen Eröffnung nannte ihr Mann sich nur noch Jean-Georges und hoffte inständig, dass Herta niemandem verriet, wer das eigentliche Herz der Küche war. Nicht einmal das Personal wusste, dass er nicht kochen konnte. Alle glaubten, er habe Herta eingewiesen und habe es eben einfach nicht mehr nötig, am Herd zu stehen, da ja alles so lief, wie er das wollte.

In blütenweißer Kochjacke stolzierte er Abend für Abend zwischen den Gästen herum und ließ sich als Gourmetkoch feiern, wobei offenbar niemandem auffiel, dass ein Koch, der nicht in der Küche steht, gar nicht der Koch sein kann. Ein Gläschen hier, ein Schwätzchen dort, Jean-Georges hofierte die Kundschaft, schmeichelte, war großzügig. Das kam an. Der „Empereur" galt bald nicht mehr nur in Rheinhessen, sondern in der gesamten neu erdachten „Metropolregion Rhein-Neckar" als Geheimtipp.

Das Warten würde ein Ende haben! Hertas Puls ging schneller, wenn sie nur daran dachte: Ein Stern sollte ihnen verliehen werden. Ein Stern im „Guide C"! Hier konnte Hans-Georg sie nicht mehr übergehen.

Und wie er konnte! Der Kritiker rief den Maître zu sich, gab sich zu erkennen und verriet ihm, dass schon bald der „Empereur" nebst einem goldenen Stern im „Guide C" zu finden wäre. Maître Jean-Georges strahlte und ließ zwei Gläser Champagner kommen.

Während er dem anderen mit einem „Santé" zuprostete, stand Herta im Rahmen der Küchentür und wartete darauf, dass Hans-Georg endlich die Wahrheit sagte. Jetzt musste es gleich soweit sein, es konnte nicht mehr lange dauern! Leider saßen die beiden zu weit weg, als dass Herta hätte hören können, worum sich ihr lebhaftes Gespräch drehte. Der Maître ließ noch einen doppelt gebrannten Trester kommen, den aus der Flasche, die er nur ganz selten öffnete, und schließlich erhob sich der Kritiker und verließ nach ausgiebigem Händeschütteln das Gewölbe.

Der Maître schwebte geradezu in die Küche und berichtete seiner Frau die Neuigkeit. „Maître Jean-Georges Mayeur versteht es wie kein Zweiter, regionale Küche mit internationalem Anspruch zu verbinden", zitierte er. „So wird das da zu lesen sein, hat mir der Mann versprochen."

„Maître Jean-Georges Mayeur?" Herta zog die Augenbrauen hoch.

„Aber sicher. Glaubst du, als Mayer bekäme ich da einen Fuß in die Tür? Ich bitte dich!"

„Mich hast du sicher auch erwähnt, ja?"

„Dich? Wieso?"

„Na, weil *ich* schließlich koche, nicht du!"

„Aber Hertalein, was du immer denkst! Dir fehlt doch völlig der Überblick über das große Ganze. Du kochst, aber ich mache den „Empereur" zu dem, was er ist. Mädel, du hast doch überhaupt keine Connections!"

„Aber du, ja?" Zum ersten Mal fühlte Herta Mayer, wie die Wut in ihr aufstieg. Wut bis ganz, ganz oben.

„Natürlich. Was tu' ich schließlich den ganzen Tag?"

„Ja, das frage ich mich auch, Hannschorsch."

„Würdest du bitte nicht … "

„Sicher, *Maître*! Aber meinen Namen hättest du ihm sagen müssen. *Ich* bin es, derentwegen die Leute hier essen kommen."

„Nein, ich! Von dir wissen sie ja nicht mal, dass du existierst."

Die Wut kroch höher und drohte Herta den Kopf zu sprengen. Wieso hatte sie das nur so lange mitgemacht? Aus Liebe ja wohl nicht. Sie war eben doch das gutmütige Kamel, für das ihre Schwester sie hielt.

Das Ende des Maître war nicht geplant gewesen. Nicht im eigentlichen Sinne jedenfalls, denn Dinge wie „Den bring ich um!" schießen ja wohl jeder Frau ab und zu durch den Kopf. Nein, es handelte sich um reinen Zufall.

Am Tag vor der einwöchigen Betriebsruhe des „Empereur" reiste Jean-Georges Mayeur nach Baden-Baden, um bei einer Gala den Stern in Empfang zu nehmen. Einen Stern auf einer emaillierten Tafel, die demnächst direkt neben dem Entrée zu finden sein würde. Als Hinweis für die extra angereisten Gäste und als Barriere für die einfachen Leute aus dem Ort. Die kamen sowieso nur, um schnell mal ein, zwei Gläschen Wein zu trinken. Sobald sie die Preisliste sahen, tranken sie aus Verlegenheit ein Achtel und verschwanden dann wieder. Darauf konnte man eigentlich verzichten.

Im Lokal saß Maarten van der Waal, ein Rotterdamer Manager, der oft in der Gegend zu tun hatte. „Aber wer kocht heute Abend, wenn der Maître nicht da ist?", fragte der bekennende Gourmet die Bedienung.

„Die Chefin", antwortete diese. „Ist etwas nicht in Ordnung?"

„Doch, doch. Ich frage mich nur, ob sie das auch kann, so ganz allein."

„Sie kann, mein Herr, sie kann", räumte die Bedienung sämtliche Zweifel entschlossen aus. Und wirklich, Maarten van der Waal fehlte es an nichts, ja, er glaubte sogar, es schmecke ihm noch ein klein wenig besser als sonst. Das sagte er Herta Mayer auch, als sie aus der Küche trat. Lächelnd bedankte sie sich.

„Wo haben Sie das Kochen gelernt? Bei Ihrem Mann?"

Sie war versucht, dem netten Holländer die Wahrheit zu sagen, aber sie ließ es dann doch.

Am nächsten Morgen stand Herta in der Küche und schrubbte: Die Betriebsferien zum Wegfahren zu nutzen, das hatte sie vor langen Jahren aufgegeben. Stattdessen verwendete sie die Zeit dazu, sowohl eine Generalreinigung des Inventars zu machen, als auch neue Rezepte auszuprobieren, wozu sie sonst nie Gelegenheit fand.

Gegen Mittag trudelte der Maître gut gelaunt wieder zu Hause ein. „Frau, sieh hier, der Stern!", schrie er schon mitten im Flur.

„Geh her, Hannschorsch, ich versteh' dich so schlecht, wenn du da draußen rumbrüllst", schrie sie zurück.

Er stürmte in die Küche: „Der Stern! Und nenn mich nicht …"

„Ja ja, ich weiß. Aber es ist ja keiner da außer dir und mir. Und ich kenn dich schließlich schon immer so. Wer soll das denn auch sein, dieser Jean-Georges? Zieh dem den feinen Kittel aus und es steht wieder der Mayer Hannschorsch da, den ich geheiratet hab."

„Herta, was soll das!"

Ihr Mann mochte sich über die kratzbürstige Art wundern, aber er hatte ja auch keine Ahnung davon, dass, während sie mutterseelenallein die Küche gewienert hatte, wirklich ausreichend Zeit zum Nachdenken und Wutansammeln gewesen war. Sämtliche Bilder waren ihr durch den Kopf gegangen: Der Maître im feinen Hotelzimmer, der Maître auf der Bühne in einem noblen Saal, der Maître unter seinesgleichen (Haha!, dachte sie bitter.) bei der Gala, der Maître mit stolzgeschwellter Brust und dem Schild unter dem Arm beim Sektempfang. Herta glaubte, ein winziger Pieks würde genügen, und sie müsste platzen.

„Wo ist die Bohrmaschine?", unterbrach Jean-Georges die Gedanken seiner Frau.

„Im Werkzeugschrank im Flur, wo sonst?"

„Da ist sie nicht, da war ich grad."

„Dann weiß ich's auch nicht."

„Aber ich brauche sie. Der Stern muss angebracht werden. Also geh schon suchen, Herta, vite, vite!"

Es musste wohl dieses sonst ausschließlich dem Personal zugedachte „Vite, vite!" gewesen sein, das Herta explodieren ließ. Sie hob die mittelgroße gusseiserne Pfanne mitsamt dem Schmorbraten vom Herd, vollführte eine 180-Grad-Drehung und klatschte ihrem Gatten völlig unvermutet das schwere Gerät an den Kopf.

Der Braten rutschte unter den Herd, der Maître davor. Das Fleisch ließ sich schnell in den Abfall befördern, der Gatte nicht. Was nun?

Herta wischte sich die Hände an der Schürze ab und setzte sich erst einmal hin.

Wenig später hing Maître Mayeur mit durchgeschnittener Kehle zum Ausbluten kopfüber an einer Stehleiter. Das hatte viel Kraft gekostet, aber wenn die Polizei womöglich eines Tages auf die Idee käme, nach Blutspuren zu suchen, sollte sie keine finden. Man hatte doch schon so viel von Luminol und anderen aufklärenden Utensilien in Fernsehkrimis erfahren!

Kurz darauf war das Fleisch fein säuberlich von den Knochen abgelöst und mit einem Klebeetikett „Rinderabschnitte 21. Juli 2011" in mehreren Portionen einge-froren. Frische Blutwurst lagerte im Kühlraum. Nur: Wohin jetzt mit den Knochen? Sie goss sich einen Mirabellenbrand ein, der glühend durch ihre Kehle rann und gleichzeitig die Erleuchtung brachte: die Schnellkochtöpfe, natürlich! Was für Rin-derknochen gut war, musste auch für einen Maître gehen. Der größte Topf fasste 150 Liter, da würde sie alles Sperrige hineinbekommen. Für den Rest langten auch die kleineren. Zeit genug hatte sie ja schließlich.

Hannschorschs Knochen wanderten komplett in die Dampfdrucktöpfe.

Herta wunderte sich über ihre eigene Kaltschnäuzigkeit und musste mehrfach bei der Arbeit grinsen, weil alles so einfach schien. Nur als sie den Kopf ihres ver-blichenen Gatten oben auf die Beckenknochen legte, musste sie sich doch erbre-chen, kurz und heftig ins Spülbecken.

Ihre Rinder-Essenzen pflegte sie drei Tage lang köcheln zu lassen. Kurz bevor der Markknochen zerfiel, war die Suppe richtig und konnte in Vakuumbeuteln haltbar eingefroren werden. Aber warum nicht ein einziges Mal einen Tag länger kochen, damit ganz sicher alles verkocht war und nichts mehr im Sieb hängen blieb?

Herta fuhr ganz früh zum Großmarkt. Gleich nach der Betriebsruhe stand eine Hochzeitsgesellschaft im Kalender, neunzig Leute, zum Glück inklusive Suppe und deftigem Buffet.

Zu Hause blubberte es derweil in den Dampfdrucktöpfen weiter vor sich hin. Abends gönnte sie sich mehrere Gläser Spätburgunder und schlief bestens. So ver-brachte sie auch die Folgetage: in Ruhe Neues ausprobieren, einige Vorbereitungen treffen, gelegentlich nach der Suppe sehen und dann und wann ein Gläschen Roten trinken. Draußen neben der Tür hing der neue Stern.

Vier Tage nach des Maîtres Ableben öffnete Herta den Deckel des größten Koch-topfes und lächelte hinein: Kein Brocken mehr, alles war verkocht. Sonst probierte sie eine fertige Essenz immer, aber diesmal ließ sie es einfach darauf ankommen. Nach dem Abkühlen, es ging schon auf Mitternacht zu, verschweißte sie die Flüssigkeit in Portionsbeutel und legte sie ins Kühlhaus. „Da warst du schon mal, Hannschorsch, nur im Ganzen!", grinste sie, als die Beutel neben- und aufeinandergestapelt lagen.

Am Tag der Hochzeitsfeier herrschte emsige Betriebsamkeit im „Empereur". Jeder hatte alle Hände voll zu tun, nur Herta konnte es dank ihrer Vorarbeiten etwas lang-samer angehen lassen. Lediglich den Tartar für die Canapées musste sie direkt vor dem Verzehr noch anrichten. Durch das Küchenfenster sah sie im Garten schon das glückliche Paar für die Fotografen posieren. Hoffentlich hielt wenigstens deren Ehe, was sich beide heute davon versprachen! Herta seufzte.

Während sie das Fleisch durch den Wolf drehte, wozu sie heute aus Pietätsgrün-den ausnahmsweise Handschuhe trug, schoss ihr die Frage durch den Kopf, was wäre, wenn der Maître selbst im Tod noch dominieren sollte. „Chefin, denen schmeckt das Tatar nicht", oder so ähnlich. Bloß nichts riskieren! Blitzschnell er-fand Herta „tatar diable" und würzte ausgiebig mit Chili. Das würde fremden Ge-schmack überdecken und den Getränkekonsum ankurbeln. Normalerweise hatte sie strikt etwas gegen zu starkes Würzen, wenn der pikante Pfiff einer feurigen Unver-schämtheit wich, aber heute ging es um gravierendere Dinge.

Das Hochzeitsessen wurde ein voller Erfolg. Erleichtert registrierte die Köchin, dass auch nicht das kleinste bisschen Tartar oder Blutwurst übrig geblieben war. Ihre Rinderessenz war sogar vom Brautvater („Wissen Sie, ich bin ein echter Sup-pen-Kenner") speziell gelobt und ebenfalls von der Gesellschaft fast komplett ver-speist worden. Dafür war viel Gemüse übrig geblieben, aber das störte Herta zum ersten Mal überhaupt nicht. Ohne sich über die Verschwendung aufzuregen, warf sie es in die Biotonne.

„Wo ist eigentlich der Maître?", fragte erst jetzt eine der beiden Küchenhilfen.

„Ich hab mich von ihm getrennt", antwortete Herta wahrheitsgemäß.

„Ach!", meinte die Küchenhilfe nur, doch eine der Bedienungen war deutlicher: „Gut so. Ich hätte den ja längst umgebracht, wenn es meiner wäre."

Drei Tage später saß abends wieder Maarten van der Waal im „Empereur" und studierte die Karte. „Darf ich Sie beraten?", fragte Herta, die lächelnd neben seinen Tisch getreten war.

„Aber gern", strahlte der Holländer und hörte sich an, was es frisch aus der Küche zu essen gab. „Jetzt fehlt mir nur noch ein lekker soepje vorneweg!"

„Ich empfehle unsere Rinderbrühe mit Bärlauchklößen."

„Ach, die hatte ich schon so oft …"

„Nehmen Sie sie, ich habe sie verfeinert, als Reminiszenz an den Maître sozusagen."

„Na, dann lasse ich mich gerne überraschen. Aber wo steckt der Maître denn heute?"

„Verkocht."

Van der Waal stutzte, dann lachte er laut und rief: „Verkocht! Herta, warum haben Sie sich nur immer in der Küche versteckt? So ein wunderbarer Humor!"

Herta runzelte die Stirn. Da hatte sie spontan die Wahrheit gesagt, und dieser Mann lachte.

„Verkocht, haha! Verkochen ist verkaufen auf nederlands, dat is en lekker idee!"

Ja, das fand Herta auch und winkte der Bedienung, schon mal die Suppe zu bringen.

Rinderbrühe mit Bärlauchklößchen

Ergibt 5 Liter Rinderbrühe und 60–80 Bärlauchklößchen

Rezept für 15–20 Teller Suppe

Zutaten Rinderbrühe:

7,5 l Wasser

2 kg Rinderknochen

1,5 kg Rindfleisch

1 kg Gemüse (Karotten, Lauch, Sellerie, Petersilienwurzeln, Zwiebeln)

1 Knoblauchzehe

80 g Meersalz

3 Körner Piment

15 g (etwa 1 gehäufter EL) bunter Pfeffer (idealerweise ganze Pfefferkörner)

Zutaten Bärlauchklößchen:

250 g Kalbfleisch (schier, ohne Sehnen und Fett!) ODER gleiche Menge an Geflügelfleisch, Wild oder Fisch

50 g Weißbrotkrume (mie de pain), also etwa 1 Toastbrotscheibe

1 Eiweiß

150 g Sahne (mind. 30% Fett)

frischer Bärlauch (oder Bärlauchpesto) „nach Gefühl": bis eine schöne mintgrüne Farbe erreicht ist

je eine gute Prise Salz, Pfeffer, Muskatnuss

Zubereitung:

Für die Brühe die Knochen blanchieren und das Fleisch waschen. Setzen Sie beides mit kaltem Wasser auf, denn dadurch werden Fleisch und Knochen langsam ausgelaugt und es entsteht eine reinere Brühe als bei Zugabe zu kochendem Wasser.

Das Fleischeiweiß beginnt bei etwa 70 Grad zu gerinnen und bildet einen Schaum an der Oberfläche. Diesen schöpfen Sie gründlich ab, während die Brühe langsam weiterkocht.

Später löst sich dann das Fett, steigt nach oben und muss ebenfalls abgeschöpft (degraissiert) werden.

Nun das Salz zugeben. Geputztes Gemüse und angebräunte Zwiebeln erst am Ende der Kochzeit zugeben, damit die Geschmacksstoffe erhalten bleiben.

Schließlich entnehmen Sie das gegarte Fleisch und das Gemüse und passieren die Brühe durch ein Tuch.

Für die Klößchen das Fleisch zerkleinern, salzen und pfeffern. Die Weißbrotkrume in dünne Scheiben schneiden. Eiweiß und einige Esslöffel Sahne verrühren und über das Brot träufeln.

Nachdem Sie Fleisch und das Brot-Sahne-Eiweiß-Gemisch gut gekühlt haben, schicken Sie beides durch die feinste Scheibe des Fleischwolfes. Danach bitte erneut kühlen und nochmals durch den Wolf geben.

Mit Eiswürfeln und etwas Wasser ein Eisbad anrichten und das doppelt durch den Wolf gejagte Gemisch „auf Eis" (damit das Eiweiß nicht vorzeitig gerinnt) gut durchrühren und die Hälfte der übrig gebliebenen Sahne dabei untermischen.

Die restliche Sahne erst schlagen und nach den übrigen Zutaten unterziehen, danach die Klößchen mit einem Löffel abstechen und in kochendem Salzwasser garen.

Tipp: Kochen Sie zwischendurch ein Probeklößchen, bevor Sie die komplette Sahne zusetzen, denn die Konsistenz der Masse kann sehr unterschiedlich geraten – gerade auch dann, wenn Sie statt Kalbfleisch Wild oder Fisch nehmen.

Dieses köstliche Rezept wurde freundlicherweise von Küchenmeister Thomas Danz, dem Inhaber des „Gourmetservice Danz" in Alsheim, zur Verfügung gestellt.

Gourmetservice Danz
Bachstraße 55
67577 Alsheim
Telefon: 06249 6703800
www.gourmetservicedanz.de

Dietlind Kreber

Die letzte Chance

Der strahlende Sommertag im Juli sollte endlich die Entscheidung bringen, die sie seit Monaten vor sich herschob.

Kathrin stand in der geräumigen Küche, die das Herz jeder Köchin höherschlagen ließ, und bereitete das Mittagessen vor. Badische Kartoffelsuppe mit Holunderküchle sollte es geben. Sie kicherte nervös. Das Gericht würde den wortkargen Gemahl gehörig in Rage und sie an den Rand des Ertragbaren bringen, denn als echter Pfälzer mit Sitz in Ludwigshafen am Rhein verabscheute Ferdinand die badische Küche aus Prinzip. Kathrin hasste Streit, aber dieser musste sein. Er war der Wegbereiter für die Versöhnungszeremonie, die ihre Ehe retten oder – fatalerweise – beenden konnte.

Das war doch nicht die nette Kathrin, die dieses hinterhältige Komplott schmiedete!? Die ständig bemüht war, es allen und jedem Recht zu machen? Sie gab die klein geschnittenen Kartoffeln zum Gemüse und goss Brühe darüber. Nein, diese Kathrin war in den letzten Monaten mit jedem Tag ein wenig mehr gestorben.

Sie blickte auf die Uhr, die über dem Esstisch hing. In einer halben Stunde kam Ferdinand zum Essen. Ihre Hand zitterte leicht, als sie das Tuch anhob, mit dem sie den Teig für die Holunderküchle abgedeckt hatte. Er brauchte noch ein paar Minuten, bis er fertig war. Kathrin setzte sich auf den Barhocker vor dem Küchentresen und trank einen Schluck Mineralwasser. Gestern hatte sie sich nach langer Zeit mit ihrer Freundin Jenny in Karlsruhe getroffen. Auf die bohrende Frage, warum sie sich seit der Hochzeit so rar machte, hatte sie wieder einmal ausweichend geantwortet.

Sobald *es* vorbei war, wollte sie Jenny wieder häufiger sehen. So wie früher mit ihr bummeln gehen, um die Häuser ziehen. Dann war niemand mehr da, der ihr das verbieten würde.

„Ich habe auch keine Zeit, mich mit Freunden zu treffen", antwortete Ferdinand barsch, wenn sie sich über zu wenig Freizeit beschwerte. *Hatte er denn Freunde?,* dachte Kathrin verbittert. Er wollte doch nur erreichen, dass sie den Kontakt zu Jenny und dem Rest der alten Clique verlor, damit er sie ganz in Besitz nehmen konnte.

Sie fuhr sich mit der Hand über die Augen. Seit zehn Jahren war sie jetzt mit Ferdinand zusammen. Sie hatten sich auf dem Durlacher Altstadtfest kennengelernt. Vor der Bühne einer Band, deren Name längst aus ihrem Gedächtnis verschwunden war. Es war eine feuchte Begegnung gewesen. Kathrin hatte in ausgelassener Stimmung ihren vollen Bierkrug über sein verschwitztes T-Shirt geschüttet und sich wortreich bei ihm entschuldigt. Ein Blick in seine türkisblauen Augen hatte sie verstummen lassen, ihre Knie wurden weich wie Sahnepudding.

Ferdinand behauptete später, dass er sich auch gleich in sie verliebt hatte. Und doch dauerte es sieben Jahre, bis er sie vor den Traualtar führte. „Ich muss sicher sein, dass du mich und nicht mein Geld heiraten willst", hatte er ihr mehr als tausend Mal gesagt. Dieser Satz hätte sie misstrauisch machen sollen.

Stattdessen hatte sie alles getan, was er von ihr verlangte. Sie war sogar stolz darauf gewesen, wie besitzergreifend er war, hatte Jennys Warnungen als Einwände einer eifersüchtigen Freundin ohne feste Bindung abgetan. Sie klemmte eine widerspenstige Haarsträhne hinter das Ohr und holte den Mixer aus dem Schrank. Noch zwanzig Minuten. Sie musste sich beeilen, damit das Essen rechtzeitig fertig wurde.

Pünktlich um Viertel vor eins schloss Ferdinand die Haustür auf und saß fünf Minuten später am Esszimmertisch. Kathrin öffnete den Deckel des Suppentopfes und beobachtete ihren Mann aus den Augenwinkeln. Er schnüffelte kurz, sagte aber kein Wort. Der erste Teil des Planes war misslungen! Sie wusste nicht, ob sie darüber erleichtert oder enttäuscht sein sollte.

„Ist der Schrank für Herrn Edelbach fertig geworden?", fragte sie, um das drückende Schweigen zu unterbrechen.

„Hhm", brummte Ferdinand und schob sich einen Löffel Suppe in den Mund.

„Dann kann ich ihn ja gleich anrufen und einen Termin für die Auslieferung vereinbaren."

Ferdinand ließ den Löffel in den Suppenteller fallen. „Kaum triffst du dich mit Jenny, kochst du dieses grauenhafte Zeug. Sie hat dich wohl wieder gegen mich aufgehetzt?"

Kathrins Herz begann heftig zu schlagen. „Jenny hat nichts damit zu tun", antwortete sie mit zittriger Stimme.

„In den vielen Kochbüchern, die ich dir geschenkt habe, stehen genügend pfälzische oder italienische Gerichte."

Italienisches Essen war eine Leidenschaft, die sie glücklicherweise miteinander teilten.

„Hol' dir doch eine Pizza!", fuhr Kathrin ihn an und erschrak gleichzeitig über ihren Mut.

Wutentbrannt sprang Ferdinand auf. „Wenn dir meine Wünsche nicht mehr wichtig sind, dann kannst du deine Sachen packen und gehen – ohne einen Cent, so steht es in unserem Ehevertrag, meine Liebe."

„Du willst dich scheiden lassen? Nur, weil es nicht jeden Tag Saumagen oder Lasagne gibt?" Dass er ihr mit Scheidung drohen würde, damit hatte sie nicht gerechnet. Kathrin erinnerte sich nur zu gut an den Vertrag, der ihre Trennungsabsichten so kompliziert machte. Sie zuckte zusammen, als die Haustür mit einem lauten Knall ins Schloss fiel. *Warum hast du dich so verändert?*, dachte sie traurig. Oder hatte er das gar nicht?

Sie ging zum Wohnzimmerschrank und holte das Album mit den Hochzeitsbildern heraus. Ihr Vater hatte damals eine strahlende Braut zum Altar geführt. In einem Traum in Weiß, mit einer Schleppe, die sich wie ein Perlenteppich hinter ihr ausbreitete. Mein Gott, war das eine märchenhafte Hochzeit gewesen! Sie waren mit einer Kutsche zur Kirche gefahren. Dann die rührenden Worten des Pastors und der innige Kuss, der ihren gemeinsamen Lebensweg besiegeln sollte. Ein Weg, der immer holpriger geworden war und auch mit heißen Liebesnächten nicht mehr repariert werden konnte. Kathrin schniefte in ihr Taschentuch und legte das Album zurück. Sie musste sich zusammennehmen, um das Finale vorzubereiten, welches auf die eine oder andere Art zum Ende ihrer Beziehungskrise führen würde.

Bevor sie sich in die Büroarbeit stürzte, rief sie beim Lieblingsitaliener ihres Mannes an und reservierte für den Abend einen Nischenplatz. Sie saßen dort immer, wenn sie ungestört sein wollten.

Als Ferdinand um achtzehn Uhr mit dem Lieferwagen auf den Hof fuhr, lief Kathrin zu ihm hinaus. „Hast du Lust auf einen gemütlichen Abend bei Alfredo?", fragte sie und schlang beide Arme um seinen Hals.

Ferdinand sah mit gerunzelter Stirn zu ihr hinunter. „Was ist denn mit dir los?"

„Ich habe *unseren* Tisch reserviert. Lass' uns heute Abend mit einem guten Chianti Versöhnung feiern – so wie in alten Zeiten."

Er barg den Kopf in ihrer Halsbeuge. „Du bist das Beste, was mir passieren konnte", murmelte er in ihre blonden Haare.

„Jetzt muss ich aber weiterarbeiten, sonst schimpft mein Chef mit mir", flüsterte sie gerührt.

Ferdinand zog sie ganz dicht an seinen muskulösen Körper und küsste sie leidenschaftlich. Dann verschwand er mit einem jungenhaften Lächeln im Gesicht in der Werkstatt. Versonnen blickte Kathrin ihm nach. Er hatte wirklich eine faire letzte Chance verdient.

Der Abend bei Alfredo begann vielversprechend. Bei Kerzenschein und gutem Essen flirtete Ferdinand wie ein verliebter Teenager mit ihr. „Wenn es dir so viel bedeutet, kannst du dich von mir aus häufiger mit Jenny treffen", flüsterte er ihr zwischen zwei leidenschaftlichen Küssen ins Ohr.

Kathrins Herz machte vor Freude einen Satz. „Es wird zukünftig keine badischen Gerichte mehr geben", raunte sie mit heiserer Stimme und kämpfte gegen die aufsteigenden Tränen an. Die Versprechen wurden mit einem Grappa besiegelt, der heiß durch ihre Kehle rann.

Auf dem Weg nach Hause schlenderten sie engumschlungen über die Parkinsel und hielten wortlos inne, um einem Schiff nachzusehen, das träge den Rhein hinunterschipperte. Verstohlen betrachtete Kathrin den Mann an ihrer Seite. Sein Haar stand noch genauso störrisch von seinem runden Kopf ab wie am ersten Tag ihrer Begegnung. Sie drängte sich an ihn und knabberte an seinem Ohrläppchen.

„Kannst du dich noch daran erinnern, was wir gemacht haben, nachdem ich dich damals mit Bier übergossen hatte?", murmelte sie.

„Hhhmmm."

„Wir sind in Durlach kreuz und quer durch die engen Altstadtgassen gelaufen, weil du der Meinung warst, dass dein T-Shirt am besten trocknet, wenn wir uns bewegen. Dabei wolltest du mich nur von meinen Freunden weglocken, um mich in eine dunkle Ecke zu zerren."

Ferdinand lachte. „Irgendwie musste ich es ja schaffen, dich ein paar Minuten für mich alleine zu haben."

Sie kuschelte sich an ihn. „Früher hattest du viele gute Ideen. Wenn ich da an unsere Besuche im Schlosspark denke. Wie geschickt du darin warst, ein lauschiges Plätzchen für uns zu finden. Und nicht nur darin." Kathrin küsste ihn zärtlich.

Ferdinand schob sie zurück. „Das kannst du vergessen! Es gibt hier zu viele Köter."

„Hier kann man so ziemlich alles vergessen", brummte Kathrin enttäuscht.

„Wie meinst du das?", fragte er mit einer Stimme, die nichts Gutes verhieß.

Vom Alkohol ermutigt lachte Kathrin schrill auf. „Die Stadt geht mir einfach auf die Nerven. Das Essen, die Menschen, die hässlichen Betonklötze."

Er starrte sie an. „Ich habe dir heute Morgen gesagt, dass du jederzeit deine Sachen packen und aus meinem Leben verschwinden kannst. Für diesen Fall habe ich ja vorsorglich einen Ehevertrag aufsetzen lassen – den du unterschrieben hast."

Mit einem Schlag verschwand der Alkoholnebel, der sie angenehm umhüllt hatte. Jahrelang hatte sie wie eine Sklavin in der Schreinerei geschuftet und jetzt wollte er sie wie einen räudigen Köter mit einem Tritt aus seinem Leben kicken! Kathrin atmete tief durch und lächelte zerknirscht.

„Ich habe es nicht so gemeint. Komm, wir trinken in der Stadt noch einen Schoppen und lassen den Abend friedlich ausklingen."

„Ich habe keine Lust mehr, mir reicht es für heute", knurrte er.

Kathrin hielt ihn am Arm fest. „Ich habe es nicht so gemeint. Manchmal sehne ich mich eben nach meiner Heimatstadt und der alten Clique."

„Das kann ich nicht ändern."

„Aber du könntest mir den Wunsch erfüllen und mich noch zu einem Glas Wein einladen, Ferdi." Es schien hundert Jahre her zu sein, seit sie diesen albernen Kosenamen benutzt hatte.

„Aber um zwölf Uhr will ich im Bett liegen."

Ferdi hatte die gewünschte Wirkung erzielt. Sie folgten der Rheinpromenade in Richtung Stadtmitte. Unter der Friedrich-Ebert-Brücke blieb Kathrin abrupt stehen. „Hast du das auch gehört?"

„Was?"

„Da hat jemand um Hilfe gerufen." Sie stürzte zum Geländer, hinter dem die steinerne Uferbefestigung steil aus dem Wasser ragte, und blickte hinunter. „Wir können nicht tatenlos herumstehen, Ferdi."

Er blickte nach unten. „Ich sehe nichts."

„Gib' mir dein Handy, ich rufe die Polizei."

Ferdinand gehorchte und starrte weiter in die Dunkelheit. „Ich kann niemanden entdecken."

Die Tastatur des Handys piepste drei Mal. „Schau genau hin, da an dem Brückenpfeiler. Oje – jetzt ist er abgetaucht. Hallo …?", rief sie. „Ist dort die Polizei?"

Aus den Augenwinkeln konnte sie erkennen, dass Ferdinand sich weit über das Geländer gebeugt hatte und in das schwarze Wasser stierte. Blitzschnell ging Kathrin in die Hocke und packte seine Beine mit beiden Händen. Mit einem lauten Schrei stürzte er kopfüber in den Rhein und versank in den Fluten. Sekunden später tauchte Ferdinand prustend auf und ruderte wild mit den Armen. Erschrocken hielt Kathrin den Atem an. Für einen Nichtschwimmer hielt er sich erstaunlich gut.

„Kathrin!?!" Er klammerte sich an die Steinwand, rutschte ab, versuchte es wieder, gab nicht auf, bis seine Kräfte endlich erlahmten. Dann zog ihn die Strömung hinaus.

„Pass auf, dass du nicht auf die falsche Rheinseite gespült wirst", schrie Kathrin ihm nach. „Sonst landest du in einem badischen Kühlfach."

In der Ferne waren zwei Fahrradlichter zu sehen. Mit zusammengekniffenen Augen suchte sie das Wasser ab. Ferdinand war nicht mehr zu sehen. Seine letzte Chance hatte er sich wirklich gründlich versaut.

Kathrin riss die Arme hoch. „HILFE!"

Badische Kartoffelsuppe mit Holderküchle

Rezept für 4–6 Personen

Zutaten Kartoffelsuppe:
1 Stück Speckschwarte

1 große Zwiebel

2 EL Öl

ca. 1 kg mehlige Kartoffeln

2 Karotten

30 g Butter

1 Stange Lauch (das weiße)

¼ Sellerieknolle

1 l Gemüse oder Fleischbrühe

¼ l Sahne

Salz, Pfeffer, Muskat

Zutaten Holderküchle:
Teig: 125 g Mehl

2 Eier getrennt

1 EL Zucker

1 Prise Salz

ca. ¼ l helles Bier

12–16 Holunderdolden

Schmalz zum Ausbacken

Puderzucker zum Bestäuben

Zubereitung Badische Kartoffelsuppe:
Die Speckschwarte in Öl kurz auslassen. Dann die walnussgroßen Zwiebel- und Gemüsestücke anschwitzen.
Zum Schluss die Kartoffelstücke dazugeben. Mit Brühe auffüllen und alles weich kochen. Danach im Mixer oder mit dem Zauberstab aufmixen.
Mit Sahne abrunden und abschmecken.

Zubereitung Küchle:
Aus Mehl, Bier, Eigelb, Salz und Zucker einen dünnen Teig herstellen und 20–30 Minuten quellen lassen.

Die Blütendolden gut ausschütteln, möglichst nicht waschen. Jeweils einzeln in den Teig eintauchen und im heißen Schmalz ausbacken. Auf Küchenkrepp abtropfen lassen und mit Puderzucker bestreut lauwarm servieren!

Dieses köstliche Rezept wurde freundlicherweise vom „Schlosshotel" in Karlsruhe zur Verfügung gestellt.

Schlosshotel Betriebs-GmbH
Bahnhofplatz 2
76137 Karlsruhe
Telefon: 0721 3832-0
www.schlosshotel-karlsruhe.de

Heidi Moor-Blank

Rapunzel

„Rapunzel!", sagte er und lächelte.

Celia schaute verwirrt von ihrer Vorspeise hoch. Feldsalat mit geräuchertem Aal. „Wie bitte?"

„Rapunzel! Schmeckt der Salat so gut, wie er aussieht?"

Celia nickte, tupfte sich mit der Serviette über die Lippen und legte ihr Besteck auf den Tellerrand. „Ach so! Feldsalat heißt ja auch Rapunzel, stimmt! Es schmeckt herrlich!" Sie nahm einen Schluck Wein und lächelte ihr Gegenüber an. „Rapunzel, Rapunzel, lass dein Haar herunter!"

Er sah sie verblüfft an. „Woher kennen Sie das?"

Celia drehte ihren Kopf leicht zur Seite und zeigte auf ihre zusammengebundenen Haare. Sie fielen blond und glänzend bis auf das Sitzkissen hinunter. „Den Gag macht doch fast jeder, wenn ich das Haargummi löse."

Sie war verwirrt. Es war ihr erster Abend in Heidelberg. An diesem Nachmittag hatte sie ihr Zimmer in der WG bezogen und in drei Tagen würde sie ihr Studium beginnen. Endlich! Sie hatte die Stadt besichtigt und dabei einen wunderschönen Biergarten entdeckt. Der Ober hatte sie zu dem kleinen Tisch in der Ecke des Gartens geleitet und mit einladender Handbewegung auf den Stuhl direkt neben dem armdicken Stamm der Glyzine gewiesen. Celia hatte dankend genickt und auf dem Stuhl gegenüber Platz genommen. Sie hatte es nicht schlimm gefunden, dass an dem Tisch schon jemand saß. Immerhin war es ein sehr nett aussehender junger Mann. Aber seltsam fand sie es schon, dass der Ober nicht wenigstens gefragt hatte, ob es ihnen beiden Recht sei.

Sie hatte dem jungen Mann zum Gruß kurz zugenickt und sich dann in die Speisekarte vertieft. Von Wein hatte sie keine Ahnung, deshalb hatte sie einfach ‚diesen Rotwein' bestellt, als der Ober nach ihren Wünschen fragte. Als der nur die Augenbrauen hob und stehen blieb, sagte sie nochmals etwas nachdrücklicher: „Ich hätte gerne ein Glas von genau *diesem* Rotwein bitte!"

Das Glas, das auf dem Tisch stand, war wunderschön. Es musste aus echtem Kristall sein und enthielt einen Wein von einem solch samtigen Rot, dass sie ihn unbedingt probieren wollte. Als der Ober ihr ein bauchiges langstieliges Glas mit einem Wein in einem helleren Rot brachte, setzte sie schon zu einer Beschwerde an, besann sich dann und murmelte nur ein ‚Dankeschön'.

Es machte sie nervös, dass ihr Tischgenosse sie die ganze Zeit ansah, aber kein Wort sprach. Und dann sagte er plötzlich dieses ‚Rapunzel‘ mit einer tiefen, leicht rauen Stimme und Celia begann, sich zu entspannen.

„Wieso fragten Sie, woher ich das Märchen kenne? JEDER kennt doch Grimms Märchen, oder nicht?" Sie lächelte.

Er schüttelte den Kopf. „Wo denken Sie hin? Nur Familien von hohem Stande besitzen Bücher."

„Von – WAS?"

Der Ober brachte den Hauptgang: Hechtklößchen mit Kartoffeln und Gemüse. Sofort vergaß sie die seltsame Äußerung ihres Tischnachbarn und probierte den Fisch.

„Die Hechte des Neckars munden vorzüglich, nicht wahr?"

Sie kaute und nickte und amüsierte sich über seine altmodische Ausdrucksweise. „Es gibt noch Hechte im Neckar? Auf Hechte geht man mit Blinker, nicht? Und `ner Schwebangel." Gespannt sah sie ihn an.

Er antwortete nicht gleich, sondern überlegte lange. „Blinker …? Äh … nein. Mit einer Stabangel und einem ordentlichen Köderfisch!"

„Lebende Köderfische? Ich denke, das ist verboten …?!"

Er setzte sich aufrecht hin und plötzlich hatte sein Gesicht etwas Überhebliches an sich. „Wer sollte einem Freiherrn zu Helmstatt etwas verbieten?"

Die Gabel mit der Petersilien-Kartoffel blieb starr in der Luft stehen und Celias Mund, der sich schon erwartungsvoll geöffnet hatte, klappte noch weiter auf. „Häh?" Sie erschrak über ihre vollkommen undamenhafte Reaktion und verbesserte sich sofort. „Ich meine – wie bitte? Freiherr zu was?"

Er lächelte und trank sein Glas leer. Dann fragte er: „Morgen? Um die gleiche Zeit! Beim Hackteufel! Es wäre mir eine außerordentliche Freude!" Es klang nicht wie eine Frage, eher wie eine Anordnung. Aber sein Lächeln war einfach unwiderstehlich.

Celia nickte nur und starrte auf seinen Lederwams und die an den Oberschenkeln gebauschten Hosen, die in kniehohen Stiefeln steckten. Er war aufgestanden, vor sie getreten, hatte sich zum Abschied tief verbeugt und war gegangen.

Der hatte doch ein Rad ab! Was hatte er gesagt – Hackteufel? Sie drehte sich um und rief ihm nach: „Wo ist denn..?" Sie brach verwirrt ab. Er hatte den Garten bereits verlassen. Celia schob ihren Teller zurück.

Das Kristallglas war verschwunden.

Celia war ziemlich aufgeregt, als sie am nächsten Tag vor dem Hotel „Zum Hackteufel" Platz nahm. Alle Tische waren besetzt und sie hatte bei einer alten Dame nachgefragt, ob sie sich zu ihr setzen dürfe. Diese hatte erfreut zugestimmt und Celia kannte inzwischen fast deren komplette Lebensgeschichte und die aller Kinder und Enkel.

Sie dachte die ganze Zeit an ihre Verabredung, schaute ständig auf ihre Uhr, vergaß aber nicht, höflich ab und zu ein „ach ja" oder ein „nein, so was" einzustreuen.

„Kindchen, kommt er nicht?"

„Was? Wer – wen meinen Sie?"

„Na, Sie sind doch verabredet und er kommt nicht, oder? Sie sind so abwesend und nervös – das kann nur ein missglücktes Rendezvous sein!" Die alte Dame lächelte sie an und beugte sich erwartungsvoll nach vorne.

Celia nickte. „Am Hackteufel wollte er mich treffen. Vor fast einer Stunde. Ich glaube, das wird nichts mehr."

„Wo haben Sie ihn denn kennengelernt?"

Jetzt war Celia an der Reihe und erzählte die ganze Geschichte.

„Rapunzel – ein nettes Märchen." Die Frau lächelte. „Lass dein Haar herunter." Sie betrachtete Celias Haare, die sie heute offen trug. Wie eine Kaskade fielen sie über die Schultern bis weit über die Stuhllehne herunter. „Aber machen Sie das besser nicht! Das ist gefährlich hier am Neckar!"

Celia runzelte die Stirn. „Was soll ich nicht machen? Ich verstehe nicht …?"

„Vor vielen Jahren ist ein Mädchen da unten ertrunken. Ihre langen Haare hatten sich in einem Eisentor verfangen und sie hatte sich nicht retten können. Man sagt, ihr Gatte habe sie hineingestoßen. Da unten, beim Hackteufel."

„Wo? Wo sagen Sie? Gibt es noch einen Hackteufel?" Celia war aufgesprungen und hatte die Worte fast geschrien. „'Tschuldigung", murmelte sie. „Es ist … Es ist nur …"

„Schon gut." Die Frau lächelte verständnisvoll. „Er muss ein faszinierender Mann sein!" Sie zwinkerte Celia zu. „Aber **den** Hackteufel gibt es nicht mehr. Es war eine schreckliche Stromschnelle. Dort, wo jetzt die Schleuse ist. Viele Schiffe sind dort zerschellt und viele Menschen ertrunken. Aber vielleicht … vielleicht hat er wirklich diesen Hackteufel gemeint!"

Celia warf ein paar Münzen auf den Tisch, packte ihre Tasche unter den Arm, drehte sich im Laufen nochmals um und winkte zurück.

Völlig außer Atem kam sie an der Schleuse an. Außer einem einsamen Jogger war niemand zu sehen.

„… und dann wurde das Schloss wiederum durch einen Blitzschlag völlig zerstört und seither ist es eine Ruine."

Celia war nicht sehr aufmerksam bei der Sache. Die Geschichte des Heidelberger Schlosses interessierte sie längst nicht so wie ihr Schlossführer. Sie war stolz auf ihre Idee, einfach einen Tag später um die gleiche Zeit an der Schleuse auf ihn zu warten.

Und er war gekommen. Er hatte ihr die Altstadt gezeigt und war mit ihr durch enge Gassen zum Schloss hochgewandert. Seine Führung und seine Erklärungen waren so anschaulich, dass sie Heidelberg so kennenlernte, wie es wohl vor zweihundert Jahren ausgesehen hatte.

Mitten in einer seiner Beschreibungen hatte sie ihn unterbrochen. „Okay! Gib es zu – Geschichte, stimmt's? Du studierst Geschichte. Ich hab gegoogelt. Geschichte für Gymnasium-Pädagogik. Du wirst ein wunderbarer Lehrer werden!"

Verwirrt hielt er mitten in der Bewegung inne und starrte sie an. Lange. „Komm!", sagte er dann und hielt ihr seine Hand hin. Doch kurz bevor sie sie greifen konnte, zog er die Hand zurück und drehte sich abrupt um. „Komm mit!"

Er ging schnell und sie hatte Mühe, mit ihm Schritt zu halten. Ganz in der Nähe des Restaurants, in dem sie ihn zum ersten Mal gesehen hatte, ging er eine schmale, gepflasterte Gasse hinunter in Richtung Neckar. Bei einer gemauerten Arkade auf der linken Seite blieb er stehen.

„Hier!" Er wies mit der Hand auf den ersten steinernen Bogen an der Seite. „Hier starb die Frau meines Lebens. Sie sah aus wie du. Mit genauso langem Haar."

Er machte ein paar Schritte unter die Arkade und bog um den Steinpfeiler. Ein Loch im Sandstein des Arkadenbogens fiel ihr auf. Weiter unten ein ganz ähnliches. Rostspuren umrandeten die Vertiefungen und sie begann zu grübeln. Konnten hier Türangeln gewesen sein? Für ein Eisentor? Als sie ihn fragen wollte, war er verschwunden.

Die Sonne schien, als Celia vor dem Hotel nach der alten Dame Ausschau hielt.

Dort saß sie und begann zu lächeln, als sie Celia entdeckte. „Na, Kindchen? Erzählen Sie! Ich habe die letzten Tage schon auf Sie gewartet. Ich möchte doch SO gerne erfahren, wie es weiterging!"

„… und diese Löcher sehen aus, als wäre dort ein Eisentor befestigt gewesen! Ist es dort passiert? Ist das Mädchen dort ertrunken? Dann war es SEINE Freundin!"

Die alte Dame hatte Celias Erzählungen gespannt gelauscht und sie nicht ein einziges Mal unterbrochen. Doch jetzt schüttelte sie den Kopf und sah Celia nachdenklich an. „Das Mädchen, das dort an ihren Haaren hängen blieb, starb vor fast zweihundert Jahren!"

Celia war auf dem Weg zur Schleuse und kickte grübelnd einen Stein vor sich her. Theresia, die alte Dame vom Café, hatte ihr von den Hochwassern erzählt, die es in den Zeiten, als der Neckar noch nicht durch die Schleuse gebändigt worden war, immer wieder gegeben hatte.

„Damals war der Neckar noch viel breiter! Und die Arkaden an der Herrenmühle, die standen immer unter Wasser. Aber bei dem Hochwasser 1817 waren die Bögen komplett überflutet. Und als das Wasser zurückgegangen war, hat man sie gefunden: Alice, die Fürstin zu Helmstatt. Man hängte ihren Gatten, der Tage vorher in einem lauten Streit gedroht hatte, sie zu töten und in den Neckar zu werfen, wenn sie sich noch ein einziges Mal mit dem Fischer treffen würde, mit dem er sie gesehen hatte."

Wieder kickte Celia an den Stein. Sie kannte sich einfach nicht mehr aus. Hatte es einen zweiten Todesfall an den Arkaden gegeben? Waren seine Freundin und die Fürstin zu Helmstatt an derselben Stelle ertrunken?

„Wo warst du gestern?" Seine Frage klang nicht interessiert, sondern drohend. Genauso war auch seine Haltung, wie er jetzt vor ihr stand, breitbeinig in seinen Stiefeln, die Arme über der Brust verschränkt.

Celia hatte ihn nicht kommen sehen und war einen Moment verwirrt. Und dann war sie sauer. Was bildete er sich ein? „Kaffee trinken. Mit einem Kommilitonen!", antwortete sie trotzig.

„Das wirst du nicht mehr tun! Ich dulde das nicht!"

„Ach ja? Und was willst du dagegen tun? Ihn zum Duell fordern im Morgengrauen?"

Seine Augen formten schmale Schlitze und er stieß hervor: „Ich werde ihn einmauern lassen. Er wäre nicht der Erste, dem dies in meiner Burg widerfährt!"

Celia starrte ihn an. Im Hintergrund, wo eigentlich die Schleuse sein sollte, sah sie plötzlich mehrere große Felsbrocken im Neckar, umtost von hohen Wellen. Die Gischt, die über dem Hackteufel hing, konnte sie auf ihrem Gesicht fühlen.

Sie drehte sich um und rannte los.

Heulend saß sie jetzt auf ihrem Bett in ihrer Studenten-WG. Sie hatte sich eingeschlossen und wickelte sich in ihre Strickjacke, weil sie trotz der warmen Temperaturen draußen ganz erbärmlich fror. Doch dann stand sie entschlossen auf und schaltete ihren Computer ein.

Eine knappe Stunde später lehnte sie sich zurück und starrte nachdenklich auf das inzwischen vollgekritzelte Blatt. „Ritter – eingemauert" stand da. Und „Tiefburg – Handschuhsheim – Helmstatt". „Rapunzel – Grimms Märchen 1812" und in großen Buchstaben ALICE. ALICE. Sie schrieb die Buchstaben immer wieder und warf plötzlich erschrocken ihren Stift auf das Blatt.

Nur zögerlich betrat sie am nächsten Abend das Restaurant, in dessen Garten sie ihren ersten Abend in Heidelberg verbracht hatte. „Handschuhsheimer Feldsalat" stand auch heute wieder auf der großen Tafel. Erleichtert erkannte sie den netten Ober wieder, der sie vor wenigen Tagen bedient hatte. Ihr kam es wie eine Ewigkeit vor.

„Erinnern Sie sich noch an mich?", fragte sie ihn.

Er lachte und nickte und führte sie an den gleichen Tisch. „Natürlich! Sie wollten nicht auf dem Stuhl sitzen, den ich Ihnen angeboten habe und Sie bestellten „*diesen* Rotwein", von dem ich bis heute nicht genau weiß, welcher eigentlich gemeint war!"

„Der Herr an meinem Tisch hatte ein geschliffenes Kristallglas mit einem ganz dunklen Rotwein darin. DIESEN meinte ich!" Celia lächelte. „Aber Sie brachten mir dann doch einen anderen. In einem anderen Glas." Dankend nahm sie auf dem Stuhl Platz, den der Ober ihr zurechtgerückt hatte. „Und ich wollte gerne noch mal diesen herrlichen Feldsalat haben und …" Sie stockte. „Ich wollte Sie fragen, ob Sie den Herrn vielleicht kennen?"

Das Lächeln auf seinem Gesicht war verschwunden, als er sich zu ihr herunterbeugte und ihr leise zuraunte: „Mein Fräulein, da saß niemand an diesem Tisch. Sie waren doch ganz allein?!"

Als Celia die kleine Kapelle der Tiefburg durchquert hatte und die enge Wendeltreppe hinunterstieg, schlug ihr kühle, leicht modrige Luft entgegen. Ihr stockte der Atem, als sie vor der Rüstung stand, die nur zum Teil zu sehen war. Die eisernen Beine wurden von einer halbhohen Mauer verdeckt, die die kleine Nische, in der der Ritter stand, perfekt verborgen hatte. Sie hörte nur halb hin, als der Führer die Geschichte des Ritters erzählte. Sie grübelte über die Daten der Tiefburg, die sie im Innenhof gelesen hatte.

Die Burg war bis zum Dreißigjährigen Krieg im Besitz der Herren von Handschuhsheim, dann ging sie an die Freiherren und späteren Grafen von Helmstatt über. Graf Bleikard von Helmstatt hatte die Burg 1950 an die Stadt Heidelberg verkauft! Wer war nur ihr seltsamer Verehrer, der sich selbst als Freiherr von und zu Helmstatt vorgestellt hatte?

Als Celia am nächsten Tag in die Steingasse einbog, war sie spät dran. Theresia hatte ihr eine knappe SMS geschickt und dringend um ein Treffen gebeten. Celia grinste. Die ältere Frau war ihr zu einer guten Freundin geworden und sie hatten die Telefonnummern ausgetauscht. Aber sie hatte ihr streng verboten, tagsüber während der Vorlesungszeiten anzurufen.

„Quatsch! Natürlich mache ich das nicht! Ich tippe dir dann so eine Nachricht, du weißt schon. Ich kann das!"

Theresia war keine dieser alten Damen, die kein Handy bedienen konnten, und wohl die Einzige, die Celia kannte, die Mozart über Ohrstöpsel hörte.

„Und jetzt pass auf, was ich gehört hab! Und warum ich dir diese Tippnachricht geschickt hab!" Theresias Augen wurden groß und rund und sie nickte ganz aufgeregt mit dem Kopf. „Da gab es schon mal einen Todesfall. Vor etwa 50 Jahren. Elisa hatte langes blondes Haar. Sehr langes Haar …" Sie stockte und sah einen Moment ganz abwesend in ihre Kaffeetasse. Dann sprach sie leise weiter: „Und sie hatte ihren Freundinnen erzählt von einem Verehrer in Pluderhosen und weißem Hemd, der sie Rapunzel nannte, plötzlich auftauchte und verschwand und sie unendlich faszinierte." Sie stockte.

„Und?" Celia saß kerzengerade und starrte Theresia an.

„Sie ertrank im Neckar. Ihr langes Haar hatte sich am Schleusentor verfangen!"

Celia schüttelte ganz sachte den Kopf. Die Bewegungen wurden stärker und stärker, bis sie ganz heftig waren und ihre Haare hin- und herflogen.

„Nein!" Celia sprang auf. „Nein! Das glaub ich nicht!" Sie sah Theresia an und sank ganz langsam zurück in ihren Stuhl. „Das ist noch nicht alles, nicht wahr?"

Theresia nickte. „Es ist wieder passiert. Viele Jahre später. Eine junge Frau ertrank. Stranguliert durch ihre eigenen Haare. Lange Haare … Meine Freundin hat mir das alles erzählt und sogar die Zeitungsartikel aufgehoben! Elisa war ihre beste Freundin damals."

Theresia griff Celias Hand und hielt sie ganz fest. „Du darfst da nicht mehr hingehen, Kindchen!"

Celia nickte. Sie sah lange auf ihre Knie, dann blickte sie auf und sah Theresia an. „Aber dann wird es wieder passieren. Es wird ein anderes Mädchen treffen. Mit langen Haaren. Ich habe mich in der Tiefburg ins Turmzimmer geschlichen und etwas gefunden. Es gibt einen Fluch und er wird nicht aufhören, bis …"

Celia stand auf. „Ich bring das jetzt zu Ende."

So ihr mir genomen habet meinen einzigen Sohn im Alter von siebenundzwanzig Jahr, unschuldig am Halse aufgehenkt, so soll alle siebenundzwanzig Jahr eine langhaarige unschuldige Maid ertrinken im Neckar, bis eine opfert den Schopf zu heben auf diesen Fluch!

Sie stand auf der Mauer und ließ den Blick über die Schleusenanlage gleiten. Als die Wellen höher wurden, Gischtkämme trugen und die Felsen des Hackteufels sichtbar wurden, wusste sie, er war da. Langsam drehte sie sich um und sah ihm direkt in die Augen. Er stand nur wenige Meter entfernt und lächelte sie an.

Sie hob den rechten Arm. Sein Lächeln verschwand mit einem Schlag, als er die große Schere erkannte, die sie in der Hand hielt.

„Rapunzel!", sagte er leise.

Mit der linken Hand packte sie ihre Haare. „Sieh her, was ich mache! Sieh her!"

Die Schere hatte Mühe, durch den armdicken Haarzopf zu dringen. Doch dann war es geschafft. Sie hielt die meterlangen blonden Haare in der Hand, schüttelte sie wie eine Trophäe und warf sie dann in weitem Bogen in die tosenden Wellenberge unter ihr.

Als die Wellen sich schlagartig beruhigten, die Schleuse leer und ruhig vor ihr lag und das große Haarbüschel nur noch ganz sachte unter ihr an der Mauer dümpelte, wusste sie, es war für immer zu Ende.

Kurpfälzer Hechtklößchen mit Dill-Riesling-Soße

Rezept für 4 Personen

Zutaten Hechtklößchen:
1 Hecht von ca. 1,5 kg
10 g Salz, 5 g Pfeffer
1 Ei
400 ml eiskalte Sahne
3 Sternanis
Pernod

Zutaten Dill-Sahne-Sauce:
Sahne, Fischfond, Weißwein, Salz

Zubereitung:
500 g reines Fischfleisch aus dem Hecht filetieren und mit 10 g Salz und 5 g Pfeffer durch den Wolf drehen (oder ähnliche Aufsätze einer Küchenmaschine verwenden). 1 Ei und 300 ml eiskalte Sahne langsam unter die Hechtmasse heben. 3 Sternanis in 100 ml Sahne aufkochen und abseihen, dann hinzugeben. Mit einem Dash (Spritzer) Pernod verfeinern.

Die Masse zwischen zwei feuchten Löffeln in Ei-Form bringen und im siedenden, leicht salzigen Wasser kochen, aufwallen lassen. Dazu eine leicht legierte Dill-Sahne-Sauce (Sahne, etwas Fischfond, Weißwein und Salz vermischt) kochen.

Dazu passen Salzkartoffeln, Feldsalat und grüner Spargel (nur die obere Hälfte verwenden).

Dieses köstliche Rezept wurde freundlicherweise vom Restaurant „Zur Herren-mühle" in Heidelberg zur Verfügung gestellt.

Restaurant zur Herrenmühle GmbH
Hauptstraße 237
69117 Heidelberg
Telefon: 06221 602909
www.herrenmuehle-heidelberg.de

Emma Grey

Eisige Erkenntnis

Die letzte Etappe war auch dieses Mal die schwierigste. Seine Beine schmerzten und seine Füße brannten gewaltig, als Wilhelm auf dem Burgenweg von Neckarsteinach über Schriesheim nach Weinheim wanderte. Jedes Jahr nahm er sich für seine Herbstwanderung einen zu langen Marsch vor. Heute, an seinem letzten Tag, hatte er noch ein weites Stück vor sich, doch Aufgeben kam für ihn keinesfalls infrage. Er wollte an seine Grenzen gehen und marschierte zielstrebig weiter.

Wilhelm unterhielt sich auf seinen Touren gerne mit den Einheimischen. Die kannten die Gegend am besten und hatten ihm schon oft wertvolle Tipps geben können, sei es auf der Suche nach einem guten Gasthaus oder einer zeitsparenden Abkürzung, wenn es bereits dämmerte. In der Hoffnung auf einen solchen Hinweis winkte er einem Mann zu, der mit dem Traktor durch die Weinberge fuhr, immer wieder abstieg und kopfschüttelnd die Reben begutachtete. Nachdem der Traktor kurz vor Wilhelm zum Stehen gekommen war, murmelte der Winzer etwas Unverständliches und stieg ab.

„Sie sehen aus, als bräuchten Sie eine Aufmunterung." Mit einer Handbewegung bedeutete er Wilhelm, mitzukommen. Obwohl der fast rennen musste, um mit dem Winzer Schritt zu halten, folgte er ihm gerne in seine Hütte. Und nicht umsonst. Kaum angekommen, bot der Winzer ihm ein Glas Wein an.

„Immer diese Arbeiter. Wenn ich nicht ständig alles kontrolliere …", meckerte er. Wilhelm betrachtete fasziniert die außergewöhnliche Farbe des Weins und trank einen großen Schluck. Genau das Richtige bei einer anstrengenden Wanderung.

„Ich habe einen neuen Erntehelfer. Hat seine Arbeit nicht ordentlich gemacht. Der kann was erleben." Wie auf Knopfdruck änderte der Winzer seine Stimme: „Das hier ist meine beste Kreation, Grauburgunder vom Rittersberg, gekreuzt mit Chardonnay-Trauben. Eine solche Mischung ist einzigartig und außer mir noch niemandem gelungen. Na, was meinen Sie?"

„Der schmeckt wirklich ausgezeichnet, eine gelungene Kombination. Vielen Dank. Ich wundere mich, dass einige Trauben noch an den Reben hängen. Werden die für Eiswein benutzt?"

„Nein, ich mache keinen Eiswein, zu viel Arbeit. Bei mir läuft es auch so immer rund. Viel zu tun." Mit einem Blick auf die Uhr wandte sich der Winzer zum Gehen. „Muss mich jetzt aber wirklich beeilen, Wein in Weinheim ausliefern."

Nach dieser willkommenen Pause machte sich Wilhelm voller Tatendrang zu seinem Ziel auf. Er musste noch einige Kilometer zurücklegen und wollte vor Sonnenuntergang dort ankommen. Stunden später erreichte er erschöpft den Stadtrand von Weinheim. Er war eben nicht mehr der Jüngste und sollte sich zukünftig kürzere Strecken aussuchen.

Mühevoll und ohne die idyllische Altstadt groß zu beachten, ging er den mit Kopfstein gepflasterten Weg bergauf und suchte seine Unterkunft. Auf beiden Seiten säumten großzügige Fachwerkhäuser und alte Ahornbäume den Weg. Weinheim war ein beliebtes Ausflugsziel und so wunderte es Wilhelm nicht, dass ein Restaurant neben dem anderen lag. Trotz der Jahreszeit standen vor den Lokalen noch gedeckte Tische und luden in der Dämmerung zum Verweilen ein. Verschiedene Essendüfte lagen in der Luft, sodass er die stechenden Schmerzen in den Beinen vergaß und überrascht feststellte, wie hungrig er war.

Den am Rand stehenden Streifenwagen bemerkte er nicht. Stattdessen sah er, wie zwei Polizisten eine Pizzeria betraten und zuckte innerlich zusammen.

Was machen die denn hier?

Beunruhigt setzte er seine Suche nach der Unterkunft fort. Am oberen Ende des Berges entdeckte Wilhelm endlich die Kirche, von der er wusste, dass sie gegenüber seiner Pension lag. Erleichtert betrat er den kleinen Gasthof und sah im Vorbeigehen noch das Schild, das regionale Spezialitäten aus eigener Schlachtung zum kleinen Preis versprach. Mit knurrendem Magen bezog er sein Zimmer und beeilte sich, ins dazugehörige Gasthaus zu kommen.

Das Lokal schien beliebt zu sein, denn fast alle Plätze waren belegt. Der Wirt wies Wilhelm den letzten Platz an einem Tisch zu, an dem bereits mehrere Gäste saßen und sich unterhielten. Ihre Gespräche verstummten daraufhin, sie blickten ihn an, nickten widerwillig, begrüßten ihn aber nicht. Vielleicht fühlten sie sich durch einen Fremden gestört. Stirnrunzelnd nickte er zurück und wunderte sich, hatte er die Badener doch bisher als offenherziges Volk kennengelernt. Voller Vorfreude auf die regionalen Leckereien vertiefte er sich in die üppige Speisekarte. Schon auf der ersten Seite empfahl der Chefkoch das Kalbsragout – sein absolutes Leibgericht –, für das sich Wilhelm auf Anhieb entschied.

Während er auf sein Essen wartete, beobachtete er neugierig die anderen Gäste. Am Nachbartisch steckte ein hagerer junger Mann seinen Kopf mit dem einer zierlichen Frau zusammen, die eine auffällig große Nase hatte. Ihre Augen waren verquollen, als hätte sie geweint. Sie war deutlich älter und hatte ähnliche Gesichtszüge wie ihr Tischpartner. Die beiden redeten zwar miteinander, blickten dabei aber ständig um sich, als würden sie auf etwas warten oder als hätten sie etwas zu verbergen. Am hinteren Ende des Raumes saß ein Mann in einem Anzug mit feinen Nadelstreifen. Er löste Kreuzworträtsel und schaute nur zwischendurch auf, um per Handzeichen ein neues Bier zu bestellen. Der Arme sah so betrübt aus, als sei er gerade von seiner Frau verlassen worden. Auf der anderen Seite des Raumes kehrte eine Blondine von der Toilette zurück und quetschte sich auf einen Barhocker am Tresen. Wilhelm befürchtete einen kurzen Moment lang, dass der Stuhl ihrem Gewicht nicht standhalten würde. Immer wieder vernahm er einzelne Brocken badischen Dialekts. Wie im Flug verging die Zeit, bis sein Kalbsragout serviert wurde. Gierig begann Wilhelm, seine Lieblingsspeise zu essen.

Zwei stämmige Polizisten betraten das urige Lokal, dieselben, die ihm bei seiner Ankunft schon aufgefallen waren.

Verfolgen die mich etwa wegen der Sache neulich?

Unwillkürlich verkrampfte sich Wilhelm. Fast wäre ihm vor Schreck sogar die Gabel aus der Hand gefallen. Nervös ließ er seinen Blick kreisen, um keine noch so geringe Kleinigkeit zu verpassen.

Das darf nicht wahr sein. Was soll ich jetzt tun?

Aus den Augenwinkeln überprüfte er, ob jemand seine Unruhe bemerkt hatte. Das gesellige Treiben war beim Anblick der Polizisten zwar abrupt erstarrt und die Gespräche verstummt, aber niemand schien auf ihn zu achten. Erleichtert atmete er durch.

Beruhige dich. Die sind nicht deinetwegen hier.

Zielstrebig gingen die Polizisten auf den Wirt zu und eröffneten das Gespräch. Die drei unterhielten sich einige Minuten lang hinter dem Tresen. Kopfschüttelnd zapfte sich der Wirt zunächst ein Bier, bevor er die Polizisten mit gerunzelter Stirn ansah. Er warf einen fragenden Blick in die Runde, schüttelte nochmals den Kopf und deutete letztlich auf Wilhelm. Dessen Herzschlag setzte einen Moment lang aus. Die stickige Gasthausluft machte es ihm nahezu unmöglich, zu atmen. Verkrampft rang er nach Sauerstoff, wobei ihm fast ein Bissen Ragout im Hals stecken geblieben wäre. Er wurde immer unruhiger.

Warum zeigt der Wirt bloß auf mich? Weiß der was?

Wahrscheinlich bildete er sich nur ein, dass sie ihn anschauten. Eigentlich hatte er sich nach einem so anstrengenden Tag nichts mehr gewünscht, als einen ruhigen Abend zu verbringen. Und jetzt das.

Wäre er bloß zu Hause geblieben, dann wäre ihm diese Aufregung sicherlich erspart geblieben. Der Appetit war ihm gründlich vergangen, obwohl er zuvor so hungrig gewesen war. Das Kalbsragout schmeckte hier auch ganz anders, viel intensiver als im Gasthaus in seinem Heimatdorf in Bayern.

Ich habe doch alles sorgfältig geplant.

Wieder schauten ihn die Polizisten flüchtig an, notierten etwas und gingen langsam von Tisch zu Tisch. Sie stellten Fragen, die Wilhelm zu seinem Verdruss nicht verstehen konnte. Hier und da begannen die Ersten bereits zu flüstern und eine nervöse Unruhe breitete sich aus, von der heimeligen Stimmung war nichts mehr übrig.

Die Polizisten kamen an Wilhelms Tisch. Zunächst sprachen sie mit den anderen Gästen, bevor sie sich Wilhelm zuwandten.

„Gude N'obend. Wie iss'n Ihr Name?"

Wilhelm stellte sich vor und erklärte den Polizisten den Grund seines Besuchs.

„Ein Wanderer also? Wir suche nämlich einen Mann, der heut' Nachmittag zwische Dossenheim und Weinheim spaziere war."

Hatte er das gerade richtig verstanden? Sein Magen zog sich zusammen. Sie suchten tatsächlich nach ihm. Stammelnd antwortete er: „Warum denn, ist etwas passiert?"

Die Polizisten ignorierten seine Frage. „Isch Ihne auf'm Weg was ufgefalle?"

Wilhelm schüttelte den Kopf: „Unterhalb der Strahlenburg habe ich mit einem Winzer gesprochen. Aber sonst war nichts Besonderes."

„Oder habe Sie was Außergwöhnliches gesehen?"

„Nein, nichts. Wir haben ein Glas Wein miteinander getrunken und sind dann auseinander gegangen. Er wollte nach Weinheim, um Wein auszuliefern", erinnerte sich Wilhelm. „Jetzt sagen Sie doch, was passiert ist, und warum suchen Sie gerade einen Spaziergänger?"

„Dazu könne mir leider koine Angabe mache. Des sind alles Routinefrage."

Die Polizisten flüsterten miteinander und starrten ihn an. Das Getuschel um ihn herum verstärkte sich. Er spürte deutlich die bohrenden Blicke der anderen Gäste. Am liebsten wäre er im Erdboden versunken.

„Komme Sie bitte morge früh uf's Revier. Wir müsse Ihne noch einige Frage stelle."

Zu allem Überfluss gaben die Polizisten nur ihm eine Visitenkarte, nicht den anderen. Dann verließen sie das Wirtshaus, aber nicht, ohne ihn noch einmal gründlich zu mustern.

Die Gäste redeten jetzt wild durcheinander. Warum suchte die Polizei nach einem Wanderer? Alle rätselten, was denn passiert sein mochte. Auch Wilhelm mischte sich in die Unterhaltungen ein.

„Da sollten Sie aber gewaltig aufpassen, dass Ihnen niemand etwas anhängt. Der Wirt hat mir gerade gesteckt, dass Erich verschwunden ist", rief ihm die blonde Frau vom Tresen aus zu.

„Wer ist denn Erich?", fragte Wilhelm, während er sich zu ihr an die Bar gesellte.

„Na, Erich ist der erfolgreichste Winzer der Gegend. Sein Grauburgunder ist der beste, und sogar weit über die Region bekannt. Er hätte heute neuen Wein vorbeibringen sollen, ist aber nicht erschienen. Normalerweise ist er sehr zuverlässig. Seine Frau hat ihn sofort als vermisst gemeldet. Die sitzt übrigens dahinten", sagte sie verschwörerisch und deutete auf das ungleiche Paar in der Ecke.

Wilhelm dachte an die Blicke der Polizisten. Er runzelte die Stirn. War er vielleicht der Letzte, der den Winzer an diesem Tag gesehen hatte?

Plötzlich erhob sich die Frau mit der Hakennase und rief: „Es war doch nur eine Frage der Zeit, bis sich jemand an meinem Mann rächt." Schluchzend fuhr sie fort: „Seit Jahren kaufen die Leute mehr Wein bei Erich und weniger bei euch. Immer wieder habt ihr deshalb Streit angefangen. Ihr seid doch nur neidisch!", fügte sie unter Tränen mit einem Blick auf die Männer an Wilhelms Tisch hinzu.

Unruhe breitete sich im Gasthaus aus. Der Mann an ihrer Seite nahm sie in den Arm und redete auf sie ein. Einer der Winzer stand nun auf und ging hasserfüllt auf die Frau zu.

„Du brauchst gar nicht so zu tun. Vielleicht hast ja du etwas mit seinem Verschwinden zu tun! Du hast doch ein viel besseres Motiv, ihn aus dem Weg zu räumen. Dich hat er schließlich betrogen. Und das jahrelang. Also hör auf mit deinen Anschuldigungen."

„Komm, Mama, mir reicht's. Wir gehen!", sagte der junge Mann erbost zu seiner Mutter. Die beiden verließen das Gasthaus so schnell, wie der Wind bei einem Sturm über die Dächer weht.

Der Mann im Anzug bemerkte: „Vielleicht hat sich Erich nur seinen Traum verwirklicht und sich auf eine einsame Insel abgesetzt."

„Aber ich habe ihn doch heute Mittag gesehen. So weit kann er noch nicht sein", schaltete sich Wilhelm ein. Die vielen Verdächtigungen verwirrten ihn. Er wusste nicht, was er glauben sollte. Handelte es sich hierbei nur um ein Missverständnis und der Winzer würde bald wieder auftauchen oder war er wirklich verschwunden, weil ihn jemand aus dem Weg geräumt hatte?

Ich selbst hätte tatsächlich Gründe, alles hinter mir zu lassen.

„Genug spekuliert!", rief der Wirt in die Runde. „Wir wissen nicht, was passiert ist. Hört auf, euch gegenseitig anzuschwärzen."

„Was hast du denn? Die wenigsten von uns würden trauern, wenn Erich wirklich verschwunden wäre. Das weißt du ganz genau", rief ein Winzer dazwischen.

„Erich ist mein bester Lieferant. Ich bekäme wirklich Probleme, wenn ich seinen Wein nicht mehr hätte. Ich hoffe, dass er bald wieder auftaucht", erwiderte der Wirt und trank einen weiteren Schluck Bier.

„Ich kann mir gut vorstellen, dass Erichs Sohn hinter seinem Verschwinden steckt", murmelte ein Weinbauer an Wilhelms Tisch. „Habt ihr den gerade gesehen? Seit Jahren schon will er das Weingut zu einem Veranstaltungszentrum umbauen. Wenn er es jetzt erbt, könnte er seine Pläne früher als geplant in die Tat umsetzen."

Wilhelm stand immer noch bei der Blondine am Tresen. „Und warum interessiert sich die Polizei jetzt schon für den Vermissten? Normalerweise fangen die doch erst nach 48 Stunden mit den Ermittlungen an."

Sie antwortete ihm mit einem arroganten Grinsen: „Sie haben ja gehört, dass Erich einige Feinde hat … und der Wein ist so wichtig für die Region. Da kann es schon mal schneller gehen."

In Gedanken versunken bezahlte Wilhelm sein Essen und verabschiedete sich. Wie konnte er den Polizisten nun beweisen, dass er nichts mit dem Verschwinden des Winzers zu tun hatte?

In dieser Nacht schlief Wilhelm trotz der Erschöpfung des Tages besonders schlecht. Er wälzte sich im Schlaf umher, bis er mitten in der Nacht von einem Alptraum völlig verschwitzt erwachte. Sein Magen rebellierte. Ein heftiger Ruck durchzog seinen Körper. Er verstand überhaupt nicht, warum es ihm so schlecht ging. Sonst war er nicht empfindlich gegenüber fremdem Essen. Er hoffte, dass viel Trinken etwas nutzen und seine Übelkeit vertreiben würde. Viel zu schnell war seine Flasche Wasser leer, aber er hatte immer noch großen Durst. Leitungswasser wollte er nicht. Spontan entschied er sich, unten im Gasthaus noch etwas zu holen. Bezahlen konnte er das Getränk ja morgen früh.

Kraftlos schlich Wilhelm über den dunklen Flur. Auf beiden Seiten des Ganges konnte er unscharf die verschlossenen Türen erkennen. Die alten Treppenstufen knarrten unter seinen Füßen. Reflexartig verharrte er, um sicher zu gehen, dass er mit seiner nächtlichen Aktion niemanden geweckt hatte. Endlich gelangte er ins Erdgeschoss, wo ein langer Flur die Pension mit dem Gasthaus verband. Auf der rechten Seite ging es zum Frühstücksraum, neben dem Wilhelm die gemeinsame Küche und den Kühlraum mit den Getränken vermutete. Vorsichtig schlich er den Korridor entlang, bis er sein Ziel gefunden hatte. Wilhelm bemerkte einen unangenehm süßlichen Geruch in der Luft. Er wurde stärker, je weiter er den Gang entlangging.

Auf der Suche nach Mineralwasser, einem Magentee oder einem Schnaps riss Wilhelm sämtliche Schränke und Schubladen in der Küche auf und stieß sie ungewollt laut wieder zu. Erschrocken hielt er inne und lauschte erneut, doch nichts rührte sich. Leise setzte er seine Suche fort.

Wo bewahren die denn ihre Getränke auf?

Ein Geräusch ließ ihn aufhorchen und er blickte sich um. Wahrscheinlich eine Maus. Seit dieser Angelegenheit neulich, zu Hause in Bayern, zuckte er bei jedem Geräusch zusammen. Waren das die Umrisse einer Person, die vor der Küchentür entlanghuschte? Waren da nicht auch Stimmen zu hören? Kopfschüttelnd schalt er sich für seine Ängstlichkeit.

Ganz ruhig. Niemand weiß, was du getan hast.

Ein weiteres Mal sah er sich um und entdeckte in der Ecke die große Metalltür, die der Zugang zum Kühlraum sein musste. Er öffnete sie und betrat die kalte Kammer in der Hoffnung, dort die ersehnten Getränke zu finden. Drinnen schaltete er das Licht an. Als er sich umsah, stellte er enttäuscht fest, dass die Getränke auch nicht in diesem Raum gelagert waren. Blutige Rinderschultern hingen neben halben Schweinen, ansonsten schien der Raum sauber, der geflieste Boden geputzt. Fasziniert ging er einige Schritte an den toten Tieren vorbei, bis er wie angewurzelt stehen blieb. Ungläubig starrte er auf das, was vor ihm lag: Erich, der Winzer. An seiner Nase hatten sich bereits kleine Eiszapfen gebildet. Der Mann sah aus, als wäre er vollständig in Raureif getaucht.

Ach du Schande, er ist tot! Welch eisige Erkenntnis!

Wilhelms Gedanken überschlugen sich. Wurde er durch einen unglücklichen Zufall unfreiwillig zur Hauptperson? Er konnte nicht mehr klar denken. Was sollte er jetzt tun? Völlig geschockt und mit rasendem Herzschlag drehte er sich um seine eigene Achse, um sich zu vergewissern, dass er alleine im Raum war. Er kniete sich zu dem Toten nieder. War das ein Einschussloch in seinem Kopf? War der Winzer bereits tot gewesen, als man ihn ins Kühlhaus gebracht hatte? Egal, so oder so, es war Mord. Eindeutig Mord. Und jetzt? Er musste die Polizei rufen, schnell, doch sein Handy war oben im Zimmer.

Hastig drehte er sich um. Bloß raus hier. Er sah noch den Schatten, dann fiel die schwere Metalltür ins Schloss. Wilhelm rüttelte daran und schrie um Hilfe, doch alles blieb still. Langsam begann er zu zittern.

Kalbsragout badisch

Rezept für 4 Personen

Zutaten:

500 g Kalbsschulter, 200 g Kalbsbries geputzt, 500 g Kalbszunge
½ Lauchstange
1 Zwiebel
¼ – ½ Sellerieknolle
1 Lorbeerblatt, 1 Nelke, Salz, weiße Pfefferkörner, Muskat, Safran, Zitrone
500 ml Weißwein
50 g Butter
50 g Mehl
50 g Sahne
1½ Eigelb
40 g Crème fraîche

Zubereitung:

Gemüse und Gewürze in Weißwein und 500 ml Wasser kochen.
Zunge und Schulter darin 1 Stunde lang kochen, Zunge herausnehmen und abdecken.
Schulter etwa ½ Std. weiterkochen.
Schulter rausnehmen und Kalbsbries im Sud ca. 5 Minuten ziehen lassen. Alle Fleisch-
stücke abkühlen lassen, säubern und würfeln (ca. 1,5 cm).
Den Fond auf die Hälfte reduzieren und mit Zitrone, Muskat und Safran abschmecken.
Fleischwürfel zugeben und erhitzen. Mit Eigelb und Crème fraîche abziehen, nicht
mehr kochen.

Dieses köstliche Rezept wurde freundlicherweise vom Restaurant „HUTTER im
Schloss" in Weinheim zur Verfügung gestellt.

HUTTER im Schloss
Obertorstraße 9
69469 Weinheim
Telefon: 06201 99550
www.hutter-im-schloss.de

Amy Lendsor

Himmlisch süß – höllisch bitter

Der Ausblick von hier oben war schlichtweg atemberaubend an diesem klaren Herbstnachmittag. Blauer Himmel so weit das Auge reichte, einzig ein paar wenige Schleierwolken waren auszumachen.

„Der Milchkaffee." Eine freundliche Stimme und der Duft von frischem Kaffee schreckten Judith aus ihren Gedanken.

„Vielen Dank."

Mochte ihr Blick heute noch so leer und schwarz sein – das Lächeln saß ein wenig steril, aber dennoch verbindlich. Wie zu erwarten, lächelte auch der Kellner höflich. Unwillkürlich fragte sie sich, ob sein freundlicher Gesichtausdruck von Herzen kam, oder ob auch er seinen elenden Gemütszustand gekonnt überspielte. Das blieb wohl ihr beider Geheimnis.

So ist es eben, wenn man in diesem Metier arbeitet, und seine Verpflichtung ernst nimmt.

Das wusste sie aus eigener Erfahrung nur zu gut. Den Gast niemals den schmerzenden Rücken spüren lassen, sich unter keinen Umständen anmerken lassen, dass das ohnehin spärliche Privatleben nur noch aus einem Haufen Scherben besteht. Oder gar, dass es sich um den dritten Tag in Folge handelt, an dem ohne jede Rücksicht Überstunden eingefordert wurden. Lächeln!

Der Milchkaffee schmeckte köstlich. Beiläufig fiel ihr Blick auf den Neckar. Selbst von hier oben sah er schmutzig aus. Genauso schmutzig und undurchsichtig wie ihr eigenes Leben! Um nicht darüber nachdenken zu müssen, suchten ihre Augen etwas zum Verweilen. Der Gebäudekomplex des Klinikums drängte sich förmlich auf. Einmal mehr wurden ältere Bauten abgerissen und durch moderne ersetzt. Die tiefen Krater inmitten des Geländes waren stumme Zeugen dieser rasanten Veränderung. Im Dienste der Wissenschaft, im Dienste der Menschheit. Trotz aller Errungenschaften der Medizin während der vergangenen Jahrzehnte war eines dennoch unwiderruflich geblieben: der Tod! Die Medizin konnte allerhöchstens einen Aufschub erzwingen.

Alles Endgültige hatte seit jeher eine große Anziehungskraft auf sie gehabt.

Schon als Teenager. Vaters brennende Kochbücher und die zerborstenen Klingen seiner Lieblingsmesser hatten ihr damals ein Gefühl von tiefer Befriedigung beschert. Dabei zuzuschen, wie teuerstes Filetfleisch unter sengender Sonne ungenießbar wurde, war für sie ein unbeschreiblicher Hochgenuss gewesen. Der Prozess dieser fortschreitenden Verwesung hatte sie als Jugendliche sehr fasziniert. Natürlich war diese Liste der Vernichtungen beliebig fortsetzbar. An der nötigen Fantasie hatte es ihr nie gemangelt.

Eines hatten all diese Aktionen jedoch gemein: Sie waren unwiderruflich und sie zerstörten endgültig. Jahrelang konnten die drakonischen Strafmaßnahmen des Vaters an ihrer Leidenschaft nicht das Geringste ändern. Die harten Schläge ins Gesicht hinterließen sicherlich Spuren, innerlich wie äußerlich, erbrachten allerdings ebenso wenig die gewünschte Wirkung wie die eiskalten Nächte im Keller des Restaurants. Dort sperrte der Vater sie in einen kleinen Verschlag, um ihr Vernunft beizubringen.

Irgendwann hatte es dann einfach aufgehört. Ihr Streben nach Zerstörung war nach und nach erloschen. Sie konnte keine Wut mehr empfinden. Über die Jahre gerieten ihre Vernichtungsfeldzüge in Vergessenheit. Beinahe schien es, als hätte der Vater ihr verziehen.

Der warme, süße Milchkaffee linderte jeden Schmerz. Diese Köstlichkeit war in so mancher langen Nacht ihre einzige Rettung gewesen. Jeder entwickelte seine eigene Strategie, um durchzuhalten. Bis heute war der Kaffee stets ihr Beistand geblieben.

Judiths Blick wanderte von der cremefarbenen Flüssigkeit in der Tasse auf die ferne Silhouette des Odenwalds.

Wann sie hier oben wohl gefunden werden würde? Judith hatte ihren Verfolgern überdeutliche Spuren und Hinweise hinterlassen. Man sollte sie finden, genau hier, schwebend über ihrer Heimatstadt! Die Endgültigkeit war nun einmal in jeder Hinsicht ihre Leidenschaft. Also blieb ihr nichts anderes als zu warten. Rasch bestellte sie einen weiteren Café au Lait. Diese spezielle Mischung aus duftenden gemahlenen Bohnen, heißer, aufgeschäumter Milch und reichlich Zucker gehörte zu den Dingen, die sie künftig am meisten vermissen würde.

Zu ihrer Rechten schob sich langsam der Luisenpark ins Bild. Wie viel Zeit war vergangen, seit Judith das letzte Mal durch diesen Park gegangen und hier oben auf dem Fernmeldeturm gewesen war? Sie und ihre drei älteren Brüder waren damals sicher noch Kinder gewesen. An den spärlich gesäten Ruhetagen im eigenen Betrieb waren sie mit dem Vater regelmäßig zum Mittagessen heraufgekommen.

Judith erinnerte sich daran, dass der damalige Küchenchef des Drehrestaurants und ihr Vater oft über die verschiedensten Rezepte gefachsimpelt hatten, bis der

Aschenbecher zwischen ihnen überquoll. Heute wurde im Fernmeldeturm nicht mehr geraucht und das Restaurant mit dem schönsten Ausblick über Mannheim hatte den passenden Namen Skyline bekommen. Judith und ihre Brüder aßen an jenen Mittagen so viele Desserts, wie sie wollten. Den Vater hingegen zog es wegen des Ausblicks über das Rhein-Neckar-Dreieck immer wieder herauf. Jedes Mal, wenn sie an einem der Tische direkt bei den großen Fenstern Platz nahmen, seufzte er und erklärte, dass ihm über der Stadt die besten Ideen kamen.

War ihm hier oben etwa auch die Idee zu diesem einen besonderen Rezept eingefallen? War dort das Geheimnis entwickelt worden, dessen Kenntnis oder Nicht-Kenntnis bedeutende Menschen von bedeutungslosen peinigend trennte? Diese Frage drängte sich Judith nun einmal mehr auf. Ohne Bedeutung! Grob verbot sie sich diesen Gedanken. Heute war sie allein hier oben. So einsam, wie sie sich auch im Kreise ihrer Familie stets gefühlt hatte. Der Vater war vor langer Zeit an den Folgen seiner Krebserkrankung gestorben. Erst kürzlich waren ihm seine drei Söhne gefolgt.

Was für eine Tragödie! War Judith bislang stille, beinahe heimliche, Teilhaberin gewesen, gehörte ihr das Restaurant nun zur Gänze. Genau das hatte auch die Polizei als Erstes festgestellt. Alleinerbin! Sogleich begann eine hektische Wertermittlung. Außerdem interessierte sich die Polizei natürlich für die Familienverhältnisse. Was im Klartext bedeutete, dass so tief wie möglich im Dreck gewühlt wurde. Da mussten die Beamten weniger tief graben als gedacht.

Fieberhaft suchten die Polizisten nach Beweisen für einen Auftragsmord. Gerne hätten sie während der Vernehmungen ein Geständnis von Judith gehört. Doch sie bestritt ebenso vehement wie überzeugend, für einen Mord an den drei Brüdern bezahlt zu haben. Aus Mangel an Beweisen wurde sie vorläufig auf freien Fuß gesetzt. Während dieser Vernehmungen fiel ihr ein Beamter besonders auf. Kommissar Benz mit seiner unglaublichen Ausstrahlung schien sie mit seinen Augen zu durchleuchten. Konnte er in ihr Innerstes blicken? Sah er diesen tiefen Abgrund in ihrer Seele? Jedenfalls traf jeder seiner Blicke sie wie ein Blitzschlag. Dieses nie da gewesene elektrisierende Flirren aus der Körpermitte verwirrte Judith zutiefst. War es das, was verliebte Menschen als Bauchkribbeln beschrieben? Der Zeitpunkt konnte unpassender kaum sein.

„Ihr Milchkaffee. Darf ich Ihnen sonst noch etwas bringen?"
Wortlos verneinte sie.
Lächeln gegen Lächeln. Kellner gegen Kellnerin. Judith war mit ihren Gedan-

ken zu sehr beschäftigt. Eigentlich war es doch sehr interessant, dass kein Mensch ihr tatsächlich etwas zutrauen wollte – am wenigsten der Vater und die Brüder, die Polizei. Wäre alles anders gekommen, wenn die Mutter damals nicht bei ihrer Geburt gestorben wäre? Nur für einen kurzen Moment erlaubte Judith, dass Tränen ihre Augen füllten. Wäre ihr Leben anders verlaufen? Wäre sie heute eine glückliche und selbstbewusste Frau? Hätte die Mutter ihr die fehlende Wärme und Aufmerksamkeit geben können? Wäre sie genauso unterstützt worden wie ihre drei Brüder, wenn die Mutter überlebt hätte? All diese Fragen hatte Judith sich in den letzten Tagen immer wieder gestellt und fand noch immer keine Antwort.

Nach dem Tod des Vaters hatten die vier Geschwister das Restaurant zwar zu gleichen Teilen geerbt, dennoch waren nur die drei Brüder zu Köchen ausgebildet und zeitlebens vom Vater gefördert worden. Judith erhielt keine Ausbildung. Sie lernte alles, was eine Kellnerin können musste, während der Arbeit im Restaurant. Eines nur empfand sie als noch schlimmer: Ausschließlich ihre drei Brüder erfuhren vom Geheimnis der Zubereitung jenes Desserts. Ohne dieses Geheimnis, dieses spezielle Rezept, war das Restaurant nichts wert. Die Gäste kamen zwar wegen der hervorragenden Küche, doch allein das Mysterium um diese Süßspeise brachte den Ruhm. Was nutzte da die Tatsache, dass Judith den Betrieb managte, wenn der wertvollste Besitz des Restaurants allein von den drei Brüdern gehütet wurde? Manchmal redete sie sich ein, der Vater habe so entschieden, weil dieses spezielle Dessert eben nur aus drei Teilen bestand. Parfait vom Mannemer Dreck an Pflaumenragout mit Rotwein-Eis.

Zu Lebzeiten verriet der Vater jedem der drei Brüder einen Teil des Rezeptes und beschwor sie zugleich, dieses Geheimnis zu hüten, um die Einigkeit untereinander beizubehalten. Matthias zauberte fortan das Parfait, Phillip beherrschte die Kunst, das Pflaumenragout zuzubereiten, und Tristan hütete das Geheimnis des Rotwein-Eises.

Der Plan des Patriarchen ging auf. Nach dem Tod des Vaters war der Zusammenhalt der Brüder noch stärker. Judith dagegen stand noch weiter im Abseits als vorher.

War das Vaters Absicht, seine späte Rache an ihr gewesen? Rache wofür? Rache, für den Verlust der geliebten Ehefrau? Gab er Judith die Schuld an ihrem Tod? Das würde all diese Vernachlässigung, Demütigung und Aggression gegen sie erklären.

Jedenfalls sorgte der Vater mit seinem Vermächtnis dafür, dass Judith sich als Sklavin empfand, abhängig vom Wohlwollen ihrer Brüder. Auch ihnen war durchaus klar, dass der Erbteil der kleinen Schwester lange nicht so viel wert war wie der eigene.

Beim Gedanken an den vergangenen Herbst legten sich Judiths Hände fest um die große Porzellantasse. Damals fanden die Demütigungen durch die Brüder einen endgültigen Höhepunkt. Um ihre Einigkeit zu festigen, hatte sich jeder von ihnen eine Kodierung des jeweiligen Rezeptteils ausgedacht. Dieser Kode sollte auf Matthias', Phillips und Tristans Schultern tätowiert werden. In einer der Nächte, in der das Restaurant besonders spät geschlossen wurde, zeigten sie Judith feierlich die Entwürfe dazu. Es war zu viel Rotwein getrunken worden, andernfalls hätte Judith niemals gewagt, ihren Platz innerhalb dieser familiären und gleichermaßen geschäftlichen Beziehung einzufordern.

„Wenn dir ein geeigneter Kode für Kellnerin einfällt, bist du dabei." Tristan.

„Oder Buchhalterin, das sieht auf der Schulter bestimmt super aus!" Matthias.

„Oder hast du etwas zu bieten, von dem wir noch nichts wissen?" Phillip.

„Ihr wisst *nichts* von meinen Fähigkeiten. Wer bringt denn euren beschissenen Fraß an den Mann?"

Tristans hasserfüllten Blick spürte Judith bis heute. „Niemand weiß etwas von deinen angeblichen Fähigkeiten! Also nimm den Mund mal nicht so voll!" Dann wich sein zorniger Gesichtsausdruck einem fiesen Grinsen. „Weißt du noch, das Fleisch, das du immer auf der Terrasse in die Sonne gelegt hast?" Tristan kam ihr nun so nah, dass sie seinen weinhaltigen Atem riechen konnte. „Erinnerst du dich an den Gestank?" Diese Worte flüsterte er auf eine unerklärlich bedrohliche Weise.

Langsam und automatisch nickte Judith.

„Gut! Vergiss das nie!"

Sein Gelächter steckte die beiden Brüder an, obgleich sie nicht gehört haben konnten, was Tristan gesagt hatte. Das schallende Lachen trieb Judith schwankend aus der Küche, aus dem Restaurant, auf die Straße. An der nächsten Ecke musste sie sich übergeben. Zu viel Wein? Zuviel Schmerz?

Judith mochte sich daran nicht mehr erinnern. Doch seit jener Nacht keimte wie selbstverständlich ein Plan in ihr. Ihre ganze Konzentration und Energie legte sie dort hinein. Einzig die geflüsterten Worte Tristans in jener Nacht beschäftigten Judith hin und wieder. Was hatte der Bruder ihr sagen wollen? Meist verwarf sie das Grübeln darüber schnell wieder und konzentrierte sich auf das Wesentliche. Endgültiges bedurfte sorgfältiger Vorbereitung und brauchte seine Zeit. Dieses Mal handelte es sich schließlich nicht nur um die Zerstörung von Vaters Messer-Set aus Damaststahl oder um die Vernichtung seiner handgeschriebenen Rezeptsammlungen. Nein, hier ging es um größere Dimensionen. Einfach alles sollte ein Ende haben! Die Demütigungen, das Restaurant, das Lebenswerk des Vaters, die Brüder!

Als Judith wieder von ihrer Kaffeetasse aufblickte, ragte die Christuskirche majestätisch zwischen den Dächern der umliegenden Häuser heraus. Dahinter war der Wasserturm zu sehen. Judith zog eine gedachte Linie zwischen dem Wahrzeichen der Stadt und dem etwaigen Standort ihres Restaurants, das seit vergangenem Montag keinen Cent mehr wert war. Judith hatte die Tätowierungen der Brüder bis zu jenem Tag nie zu Gesicht bekommen, dennoch erfuhr sie genügend Details. Ausdehnung, Platzierung, Farbe und wie schmerzunempfindlich jeder der drei war, wurde noch Wochen nach dem Termin beim Tätowierer lauthals miteinander diskutiert.

Wahrscheinlich suchte die Polizei immer noch vergebens nach den kodierten Rezepten oder besser den fehlenden Hautlappen der Leichen von Matthias, Phillip und Tristan. Davon war leider nichts Brauchbares mehr übrig. Den Gestank des verbrennenden Fleisches hatte nicht einmal der beste Cognac mildern können. Todesursache: stumpfe Gewalteinwirkung. Holzspreißel in einzelnen Wunden. Den Baseballschläger hatte sie einfach mit in das Feuer geworfen, vor dem sie die ganze Nacht im Garten gesessen hatte.

Der Vorteil liegt eindeutig auf der Seite derer, denen von Natur aus rein gar nichts zugetraut wird. Schon der erste Schlag hatte Tristan niedergestreckt. Er hatte nicht einmal Zeit gehabt zu schreien. Mit einem seltsamen Stöhnen war er im Türrahmen zusammengesackt. Es war gar nicht so leicht gewesen, seinen schweren Körper in die Diele zu ziehen. Hier geriet Judiths lang verborgener Zorn das erste Mal an diesem Abend außer Kontrolle. Fünf weitere Schläge trafen Tristans Hinterkopf mit voller Wucht. Spätestens von diesem Zeitpunkt an hatte die Endgültigkeit begonnen. Ab sofort lief alles mechanisch ab. Ein Filetiermesser. Ein nackter Rücken. Ein Hautlappen in einer Tüte. Die Jacke wechseln. Das Gesicht und die Hände mit Kosmetiktüchern reinigen. Nichts davon zurücklassen, die Spurensicherung sollte schließlich etwas zu tun haben. Dann war Matthias an der Reihe. Auch er konnte nicht mehr schreien, doch der dümmliche Ausdruck auf seinem Gesicht war Balsam für ihre Seele. Dasselbe Prozedere bei Phillip. Ein erbärmliches Quieken begleitete seinen Aufschlag auf dem Marmorboden. Sie waren alle drei so leichte Beute gewesen.

Jetzt waren Ebertbrücke und Kurpfalzbrücke zu sehen. Judith lächelte, von einer tiefen Müdigkeit übermannt. Sie hatte tatsächlich noch Zeit gehabt für einen Rundblick über ihre Heimatstadt und zwei Tassen Milchkaffee, bevor alles zu Ende ging. Unter dem Tisch drehte ihre rechte Hand die Flasche auf. Vorsichtig sah sie sich um. Niemand schien Notiz von ihr zu nehmen. Blitzartig führte sie das Gefäß an den Mund und trank den Inhalt aus. Das Gefühl, sich augenblicklich übergeben zu müssen, rang sie erfolgreich nieder. Nachdenklich besah Judith die Flasche, bevor sie sie unter dem Tisch abstellte. Es war wirklich leicht, heutzutage etwas über Gifte zu erfahren. Ein Hoch auf das Internet! Wenn man der Literatur glauben durfte, würde bald eine tiefe Bewusstlosigkeit eintreten. Der Weg dorthin musste jedoch sehr schmerzvoll sein.

„Warum sollten wir Sie ausgerechnet hier oben finden?" Der Klang seiner Stimme brachte Judith erneut das Flirren zurück.

„Ich hänge eben an der Vergangenheit." Langsam drehte sie sich um. Vor ihr stand Kommissar Benz, flankiert von vier Uniformierten. Jemand verlas ihr die Rechte, während eine Beamtin Handschellen anlegte und Judiths Kleidung und Tasche untersuchte.

„Sauber!"

Judiths Augen ruhten unnachgiebig auf dem Gesicht des Kommissars. Seinen Anblick wollte sie mit in den Tod nehmen.

„Sie wussten es, nicht wahr? Sie mussten ihnen zuvorkommen!" Seine Stimme klang beinahe feierlich.

Judith drängte mit größter Anstrengung die entsetzliche Übelkeit zurück. Ihr Schweigen deutete Kommissar Benz offenbar als Aufforderung weiterzusprechen.

„Die Spurensicherung hat im Haus ihres Bruders Matthias eindeutige Beweise dafür gefunden, dass alle drei Ihre Ermordung in Auftrag geben wollten. Der Kontakt zu einer entsprechenden Person war bereits hergestellt. Sie haben solches Glück, noch am Leben zu sein!"

Mit leerem Blick starrte Judith ihn an und schüttelte sachte den Kopf. „Tatsächlich? Das ist wohl eine Frage des Blickwinkels." Die Schmerzen wurden von Sekunde zu Sekunde unerträglicher.

„Sie glauben, für Menschen wie Sie kann es kein Happy End geben?"

Seine Stimme drang nun wie durch Watte an ihr Ohr. „Meine Auffassung von einem glücklichen Ende? Den Schmerz endgültig hinter mir zu lassen!" Tränen füllten ihre Augen. Dann rang sie ein letztes Mal um Luft.

Parfait vom Mannemer Dreck mit Pflaumenragout und Rotwein-Eis

Dessert

Rezept für 4 Personen

Zutaten Parfait vom Mannemer Dreck:
2 Eier
125 g Zucker
500 g geschlagene Sahne
4 cl Amaretto
2 Blatt Gelatine
150 g Mannemer Dreck

Zubereitung:
Mannemer Dreck zerbröseln und die Gelatine im kalten Wasser einweichen.
Die Eier mit dem Zucker und dem Amaretto über einem Wasserbad aufschlagen bis die Ei-Masse eine Temperatur von ca. 70 Grad erreicht. Die Gelatine darin auflösen und die Masse in einem eiskalten Wasserbad herunterkühlen. Die Brösel hinzugeben und die geschlagene Sahne unterheben.
Die Parfait-Masse in eine Form geben und für mindestens vier Stunden tiefkühlen.

Zutaten Pflaumenragout:
12 Pflaumen
100 g Zucker
½ Zimtstange
Speisestärke

Zubereitung:
Die Pflaumen entkernen und vierteln. Eine Hälfte der Pflaumen mit dem Zucker und der halben Zimtstange bei mäßiger Hitze ca. 45 Minuten köcheln, dabei immer wieder etwas Wasser zufügen, damit nichts anbrennt.
Die gekochten Pflaumen pürieren und durch ein Sieb passieren. Den passierten Pflaumenfond mit etwas Stärke binden, die restlichen Pflaumen zufügen und den Fond in den Kühlschrank stellen.

Zutaten Rotwein-Eis:

50 g Butter
40 g Zucker
½ l badischer Rotwein
1 Schuss Cassis-Likör
1 TL Orangenschale gerieben
1 TL Zitronenschale gerieben
3 Eigelb

Zubereitung:

Den Zucker in einem Topf karamellisieren lassen. Mit dem Rotwein und dem Cassis-Likör ablöschen. Die abgeriebenen Schalen von Orange und Zitrone hinzugeben.
Die Masse um die Hälfte einreduzieren lassen (ca. 250 ml). Anschließend die Butter in die heiße Masse einrühren. Die Eigelbe über einem Wasserbad aufschlagen und anschließend die Rotweinmasse unterrühren.
Die Masse in eine Eismaschine geben und gefrieren lassen.

Dieses köstliche Rezept wurde freundlicherweise vom Dreh-Restaurant „Skyline" in Mannheim zur Verfügung gestellt.

Dreh-Restaurant SKYLINE
im Fernmeldeturm Mannheim am Luisenpark
Hans-Reschke-Ufer 2
68165 Mannheim
Telefon: 0621 41929-0
www.skyline-ma.de

Ursel Albrecht

Der Hochzeitstag

Schweißgebadet kam Renate Scholz vom Joggen nach Hause und betrachtete sich kritisch im Spiegel. Ihre schlanke, durchtrainierte Figur und die makellose Haut ließen sie jünger als zweiundvierzig Jahre erscheinen. Sie fuhr mit den Fingern durch ihre naturgewellten, brünetten Haare. Mit Jüngeren kannst du noch mithalten, dachte sie, und doch plagten sie Zweifel. Ihr Mann schenkte ihr nicht mehr so viel Aufmerksamkeit wie früher. War da eine Andere? Schon öfters hatte sie erlebt, wie er mit seiner Sprechstundenhilfe flirtete, die nicht gerade mit ihren Reizen geizte. Ihr weißer Kittel war dermaßen tief aufgeknöpft ... Erst letzte Woche hatte sie beobachtet, wie er sich mit einem Kuss von ihr verabschiedete. Als sie ihn deshalb zur Rede stellte, fragte er, ob sie ihm demnächst einen Privatdetektiv auf den Hals hetzen würde. Es sei doch nur ein väterlicher Kuss auf die Wange gewesen.

Renate betrachtete ihr Hochzeitsfoto, das in einem Silberrahmen neben dem Flurspiegel hing. Damals hatte sie natürlich jünger ausgesehen. Zehn Jahre gingen nicht spurlos an einem vorbei, aber eigentlich hatte sie sich besser gehalten als er.

Das Telefon klingelte, gerade als sie ins Bad gehen wollte. Ihre Freundin wollte sich mit ihr zum Eisessen treffen.

Natürlich war Doris zu spät, typisch. Schon in der Grundschule war das so gewesen. Später hatten sie dasselbe Gymnasium besucht und ganz in der Nähe voneinander studiert – Doris Pharmazie in Heidelberg und sie BWL in Mannheim. Nach dem Studium hatte Renate Georg geheiratet, kurz danach konnte er die gut florierende Zahnarztpraxis seines Vaters in Karlsruhe-Rüppurr übernehmen, im sogenannten Märchenviertel. Sie kümmerte sich um die Bücher und die Büroarbeit in der Praxis, Doris arbeitete mittlerweile in der Pharmaindustrie. Mit den Männern hatte sie kein Glück gehabt, der Richtige war noch nicht dabei gewesen.

Genervt sah Renate auf die Uhr. Wenn sie nicht gleich kam ... Doch in diesem Moment tauchte Doris auf, groß, schlank und blond, das Abbild des kühlen, nordischen Typs und das genaue Gegenteil von ihr selbst. Doris musste nie mit den Pfunden kämpfen. Da die Sonne schien, setzten sie sich an einen Tisch ins Freie. Doris bestellte einen Schwarzwälder Eisbecher und Renate ein Mineralwasser, weil sie unnötige Kalorien vermeiden wollte.

„Bestimmt vergisst er wieder euren Hochzeitstag. Der ist doch am kommenden Freitag, oder?"

Doris schaute sie herausfordernd an, während sie ihr Eis löffelte.

„Was heißt da wieder? Georg hat den Hochzeitstag noch nie vergessen. Er hat nur nie etwas gesagt."

Doris lachte „Das glaubst du doch selber nicht." Sie schlug ihre langen Beine übereinander und lehnte sich zurück.

„Doch! Außerdem ist es unser zehnter Hochzeitstag, den wird er nicht vergessen. Was soll das eigentlich? Warum hackst du auf ihm herum?"

„Tue ich gar nicht, ich versuche nur, realistisch zu sein. Er geht doch wirklich nicht sehr rücksichtvoll mit dir um. Ganz ehrlich, er hat bisher noch nie in der Küche geholfen, und allein schon, wie er immer sein Essen nachsalzt, ohne vorher probiert zu haben. Dabei kochst du so gut."

„Hör mal, das geht dich gar nichts an. Hauptsache, wir sind glücklich miteinander."

„Na, dann feiert mal schön euren Hochzeitstag – wenn er ihn nicht vergisst."

„Das wird er nicht."

„Gut, wetten wir um eine Flasche Champagner. Das wird es dir wert sein, wenn du so sicher bist."

Missgelaunt willigte Renate ein. Nicht, weil sie ihrem Mann nicht traute, sondern, weil sie sich über ihre Freundin ärgerte. „Dann kauf schon mal die Flasche, denn ich werde gewinnen." Sie sah auf die Uhr. „Ich muss nach Hause, Abendessen kochen. Wir können ja nächste Woche telefonieren."

Renate stand auf und ging, sie hatte genug von der Unterhaltung. Als ob ihr Mann so etwas Wichtiges wie den zehnten Hochzeitstag vergessen würde …

Georg war während des Abendessens auffallend freundlich. „Liebling, das hat wunderbar geschmeckt. Deine Pasta ist einfach die beste!"

Was seine Schmeichelei wohl zu bedeuten hatte? Ob ihn ein schlechtes Gewissen drückte? Doris' Bemerkung fiel ihr wieder ein.

„Wie wäre es, wenn du auch mal kochst?"

„Du weißt doch, dass ich das nicht kann", grinste Georg. „Aber, halt! Am Freitag werde ich kochen. Lass dich überraschen."

Am Morgen des Hochzeitstags verabschiedete Georg sich mit den Worten: „Zieh dir heute Abend was Schönes an."

Dann küsste er sie und verließ das Haus. Na also, er hatte doch an den Hochzeitstag gedacht!

Abends kam er gegen acht nach Hause. Renate hatte sich ihr schwarzes Etuikleid und schicke Lackpumps angezogen. Im Kühlschrank stand Badischer Winzersekt, die Gläser warteten schon auf dem Tisch.

„Was ist denn das?", rief sie entsetzt, als ihr Mann mit zwei Pappschachteln in den Händen die Küche betrat.

„Pizza. Frutti di Mare für dich, und eine Margarita für mich. Freust du dich nicht?"

Gekaufte Pizza und keine Blumen. Dafür hatte sie sich schön anziehen sollen? Renate war maßlos enttäuscht. Trotzdem hielt sie ihm die Gläser entgegen und forderte ihn lächelnd auf, die Flasche zu öffnen.

„Sekt? Heute ist doch nicht etwa dein Geburtstag?"

Also hatte Doris doch Recht behalten: Er hatte den Hochzeitstag vergessen!

„Pizza hatten wir schon lange nicht mehr. Schmeckt es dir nicht?", fragte Georg, der mit sichtlichem Appetit seine Margarita verspeiste.

„Mmh, es geht. Ich hatte gedacht, du lässt dir etwas Besonderes einfallen."

Georg schüttelte den Kopf und lachte. „Das war ein Scherz, du weißt doch, dass ich nicht kochen kann."

Renate kaute lustlos an einem Stück ihrer Pizza. Er bemerkte nicht einmal, wie schick sie sich angezogen hatte. „Warum bist du eigentlich so spät nach Hause gekommen?"

„Ich hatte noch eine Privatpatientin mit einer abgebrochenen Krone."

„War sie hübsch?"

Georg schnitt sich ein weiteres Stück ab. „Weiß ich nicht. Groß, blond, so in deinem Alter."

„Du meinst wohl, in unserem Alter", stellte Renate fest. Sie schob ihren Teller von sich und legte das Besteck ab. „Verdammt! Warum kasteie ich mich ständig, zähle Kalorien und stopfe jetzt diese Pizza in mich rein? Es reicht mir."

„Was ist denn heute los mit dir? Hast du dich wieder mit Doris getroffen?"

„Und wenn. Stört es dich?"

„Nö. Nur, wenn ihr Weiber wieder über mich gelästert habt."

„Wie kommst du denn darauf?"

Georg hob sein Sektglas. „Wir haben noch gar nicht angestoßen. Zum Wohl, meine Liebe. Meine große Liebe. Auf was trinken wir eigentlich?"

„Auf unsere Ehe?"

„Schöne Idee. Also, auf unsere Ehe! Wenn du möchtest, gehen wir nächste Woche essen. Du suchst das Restaurant aus."

Er schien froh, dass er sie auf diese Art besänftigen konnte, doch Renate war noch immer enttäuscht. „Auch wenn du nicht an ein Geschenk gedacht hast, ich habe etwas für dich. Bitte!" Sie legte zwei Karten für ein Konzert von Konstantin Wecker auf den Tisch.

„Wofür denn? Geburtstag hat keiner von uns. Weihnachten ist auch erst in vier Monaten. Sonst wüsste ich keinen Grund." Georg war verärgert, weil er nicht verstand, was Renate vorhatte.

„Ach, und warum sollte ich etwas Schönes anziehen?"

„Weil du mir in deinem Kleinen Schwarzen so gut gefällst."

„Den Wunsch habe ich dir ja nun erfüllt. Denk doch mal nach, warum."

Georg lächelte verlegen. „Tut mir leid, mir fällt wirklich nichts ein."

Sie packte ihr Sektglas und überlegte, ihm den Inhalt ins Gesicht zu schütten, doch dafür war ihr der Badische Winzersekt zu schade. Sie trank das Glas in einem Zug leer.

„Wann ist das Konzert?"

Renate musste sich erst einmal sammeln. Wie kam es, dass Doris längst wusste, was ihr selbst nie aufgefallen war? Dass Georg keinen Gedanken an sie und ihre Ehe verschwendete, und nicht einmal den zehnten Hochzeitstag ehrte. Verärgert und gleichzeitig verwirrt stand sie auf und räumte das Geschirr ab. „Das ist doch jetzt egal. Wenn du nicht weißt, warum ich die Karten gekauft habe, dann brauchst du auch nicht mit mir hinzugehen. Ich werde schon einen Begleiter finden. Jetzt gehe ich erst einmal mit dem Hund raus."

„Das übernehme ich", erklärte Georg und holte die Hundeleine. Wahrscheinlich war er froh, das Zimmer verlassen zu können.

Als er fort war, schaltete Renate den Fernsehapparat ein, um sich abzulenken, und setzte sich in den Sessel. Sie war zutiefst verletzt und erschüttert. Er liebte sie nicht mehr, das war klar. Kein Wunder, dass sie das Gefühl gehabt hatte, er habe eine Geliebte, desinteressiert wie er ihr gegenüber war. So hätte sie sich das Ende ihrer Ehe nie vorgestellt. „Bis dass der Tod euch scheidet", wurde es damals vom Pfarrer in der Kirche verkündet. Ja, dann soll es wohl so sein, dachte sie, falls es tatsächlich eine andere Frau in seinem Leben gab. Aber wie? Sollte sie die Sprechstundenhilfe zur Rede stellen? Vielleicht war es eine ganz andere, eine Patientin vielleicht? Dieser Schuft! Sie musste auf jeden Fall etwas unternehmen!

Am nächsten Morgen wachte Renate vor dem laufenden Fernsehapparat auf. Georg war am Abend anscheinend ins Bett gegangen, in der Annahme, sie wollte ihre Ruhe haben. Sie erhob sich und ging ins Bad. Jetzt erst einmal duschen und Zähne putzen.

Kaum stand sie unter der Dusche, kam Georg zu ihr, ganz nah. Seine Absichten waren offensichtlich.

„Lass mich in Ruhe!", herrschte sie ihn an. „Raus aus dem Bad!"

„Komm Schatz, sei doch froh, dass du mich nach neun Ehejahren noch so reizt."

Renate ergriff die Flasche mit dem Duschgel und schlug ihm damit gegen den Kopf.

„Es sind zehn Jahre! Genau zehn, und zwar seit gestern!"

„Was? Ach, jetzt verstehe ich erst, was los ist. Schatz, ich mache alles wieder gut, das verspreche ich. Aber bitte, erschlag mich nicht."

„Lass mich in Frieden. Der Hochzeitstag ist jetzt auch nicht mehr wichtig. Kümmere dich lieber um den Hund, der muss raus. Gestern konntest du ja nicht schnell genug mit ihm spazieren gehen. Wahrscheinlich, um eine deiner Patientinnen zu treffen, oder deine Sprechstundenhilfe."

Georg zeigte ihr einen Vogel. Dann verließ er das Badezimmer, wobei er sich den schmerzenden Kopf rieb.

Renate kannte sich selbst nicht mehr. So wütend war sie noch nie gewesen. Noch dazu hatte sie es nicht geschafft, sich mit ihrem Mann auszusprechen. War es die Angst vor der Trennung? Er hatte das Thema Fremdgehen natürlich auch nicht mehr angesprochen, der Feigling.

Während des Frühstücks saßen sich die beiden stumm gegenüber. Es war wohl aus Gewohnheit, dass Renate trotz allem Kaffee und Tee zubereitet und Georg Brötchen geholt hatte. Nach langem Schweigen schob Georg seine Hand vor und berührte vorsichtig Renates Finger.

„Können wir den Hochzeitstag nachholen?"

Renate zuckte mit den Schultern. „Nachholen kann man eigentlich gar nichts, aber ich könnte nächstes Wochenende etwas Schönes kochen und du kümmerst dich um die Getränke."

„Gut, dann fahren wir am Samstag ins Elsass, kaufen Wein und Crémant, und du kochst am Sonntagmittag ein verspätetes Hochzeitstagsessen."

Von Karlsruhe aus war es ein Katzensprung nach Frankreich, Georg wollte am nächsten Samstag jedoch plötzlich nach Oberkirch in den Schwarzwald fahren, und zwar allein. Er bevorzuge badischen Wein, sagte er, und seine Auswahl solle eine Überraschung sein.

Während des Frühstücks schlug Renate vor: „Was hältst du davon, mit mir zu joggen, bevor du losfährst? Etwas Bewegung täte dir gut."

„Lass mich damit in Ruhe. Du weißt doch, was Churchill gesagt hat: Sport ist Mord."

„Ein bisschen Bewegung wird dich nicht umbringen, aber vielleicht diesen Rettungsring", ärgerte Renate ihren Mann und pikste ihn mit dem Zeigefinger in den Bauch.

„Lass das! Ich habe auch keine Zeit, sonst schaffe ich es nicht pünktlich zum Weingut. Wenn ich dir nicht mehr gefalle, sollte ich mir vielleicht eine neue Frau suchen", gab Georg unwirsch zurück.

„Hast du das noch nicht?", sagte sie spitz. „Wart's ab, vielleicht suche ich mir auch einen anderen Mann. Im Übrigen laufe ich sowieso lieber allein. Mit dir kommt man ja nicht von der Stelle …"

Wenig später war Renate unterwegs, doch ehe sie ihre Laufstrecke anpeilte, suchte sie noch ein Blumengeschäft auf. Doris hatte Geburtstag, und sie wollte sie mit Blumen überraschen. Schließlich war sie ihre Freundin, auch wenn sie sich manchmal über sie ärgerte. Mit dem Strauß im Arm klingelte sie, drei Mal, doch Doris machte nicht auf. Komisch. Sie hätte doch etwas gesagt, wenn sie heute nicht zu Hause wäre. Enttäuscht drehte Renate sich um und erschrak. Auf der anderen Seite stand der Wagen ihres Mannes. Was machte der denn hier? Das wollte sie jetzt genau wissen.

Renate ging in das gegenüberliegende Café, setzte sich an einen Fenstertisch und bestellte einen Tee. Als sie gerade einen Schluck trinken wollte, sah sie Georg aus Doris' Wohnhaus kommen. Er ging zu seinem Wagen, setzte sich hinein und startete den Motor.

„Ich glaube es nicht!" Renate stand auf, um hinüberzugehen und ihn zur Rede zu stellen. In diesem Moment rannte Doris aus dem Haus und riss die Beifahrertür auf. Sie beugte sich quer über den Sitz und küsste Georg lange und innig. Dann nahm sie neben ihm Platz und der Wagen fuhr los.

Renate war fassungslos. „Dieser verdammte …"

„Darf ich Ihnen noch etwas bringen?", fragte die Bedienung. Ihre Worte rissen Renate aus der Erstarrung.

„Wie? Ja bitte, einen doppelten Cognac. Und diese Blumen schenke ich Ihnen."

Am Nachmittag kaufte Renate die Zutaten für das verspätete Hochzeitstagsessen. Abends stand sie noch spät in der Küche, um das Menü vorzubereiten. Sie würzte die Riesengarnelen mit Zitronengras, Ingwer und Chili-Öl, um sie zugedeckt über Nacht darin ziehen zu lassen.

Bedächtig zermalmte sie mehrere Erdnüsse mit dem Mörser und mischte sie unter die Gewürzsalzmischung, die sie extra für das Garnelengericht erstanden hatte.

Dann füllte sie das Ganze in die elektrische Salzmühle, Georgs Lieblingsaccessoire auf dem Esstisch.

Sonntagsmittags deckte Renate den Tisch festlich und stellte Kerzen in silbernen Leuchtern auf. Als Vorspeise hatte sie eine köstliche gelbe Paprikacremesuppe zubereitet, eins ihrer Lieblingsgerichte, danach sollte es die im Ofen gegrillten Riesengarnelen geben. Da ihr Mann als Zahnarzt alles Süße ablehnte, verzichtete sie auf ein Dessert. Lächelnd stellte sie die elektrische Salzmühle auf den Tisch.

Überraschenderweise rührte er die Mühle nicht an, während sie die Paprikasuppe aßen. Nanu, das war doch sonst seine Gewohnheit?

Georg zog eine kleine Schachtel aus der Hosentasche und legte sie auf den Tisch. „Für die beste Köchin und Ehefrau, deren Essen ich nie mehr nachsalzen werde."

Erstaunt griff Renate nach der Schachtel und öffnete sie vorsichtig. Darin lag ein goldener Ring mit einem gelben Diamanten. „Der ist aber schön! So einen wollte ich schon immer haben." Sie steckte ihn an den Ringfinger. Er war zu groß. „Du kennst doch meine Ringgröße."

„Aber schön ist er doch. Setz ihn halt auf den mittleren Finger. Oder wir lassen ihn verkleinern."

„Wann hast du ihn denn gekauft?"

„Das weiß ich nicht mehr. Es ist schon eine Weile her."

Renate schaute ihren Mann misstrauisch an. „Du hast den Ring wirklich für mich gekauft? Nicht für eine andere Frau?"

„Wo denkst du hin? So etwas Wertvolles würde ich doch keiner anderen Frau schenken", stammelte Georg.

Sie musste bloß in sein Gesicht sehen, um zu wissen, dass er log. Kein Wunder, dass sie ihn so gut kannte, nach zehn Ehejahren. Der Mistkerl hatte den Ring für Doris gekauft und jetzt bekam sie ihn, wahrscheinlich, weil die beiden sich gestritten hatten.

„Na gut. Dann lassen wir ihn verkleinern. Schenkst du uns bitte von dem Weißwein nach? Ich hole inzwischen die gegrillten Garnelen aus der Küche." Bei aller Kränkung hatte Renate nicht vor, ihm den Ring wieder zurückzugeben.

„Ich helfe dir." Georg folgte ihr in die Küche und holte den mit frisch geschnittenem Baguette gefüllten Brotkorb. Er machte einen verlegenen Eindruck, wahrscheinlich, weil sie das mit dem Ring bemerkt hatte. In der Küche zu helfen war gar nicht seine Art.

Kaum lagen die Garnelen auf seinem Teller, griff Georg zur Salzmühle.

„Eben noch hast du gesagt, du willst meine Gerichte nicht mehr nachsalzen, und schon hast du wieder die Mühle in der Hand. Das würde ich lieber nicht tun."

Er lachte. „Nein, das Nachsalzen lass ich nicht, wenigstens diese Freude musst du mir gönnen. Du bist ja schon wie Doris. Bei der darf ich auch nie nachsalzen."

Renate traute ihren Ohren nicht. „Wie bitte?"

„Na, ich meine, als wir einmal bei ihr zum Essen eingeladen waren. Erinnerst du dich nicht mehr?"

„Nein, ich erinnere mich nicht! Und, ich möchte auch nicht mit ihr verglichen werden. Bitte, dann mahle dir doch das Salz über die Garnelen!" Sie bemühte sich, ihn nicht anzustarren, während er die Gewürzmühle bediente und anschließend den ersten Bissen in den Mund steckte.

Georg sprang so plötzlich auf, dass der Stuhl umkippte. „Hast du etwa Erdnüsse daran gemacht?" Er fasste sich an den Hals und rang nach Luft.

Renate aß genüsslich ihre Garnele auf. „Ich finde, die schmecken köstlich. Nein, ich habe keine Erdnüsse daran gemacht. Das warst du selber. Du willst ja nie auf mich hören."

„Mein Notfall-Set …", röchelte Georg, fiel zu Boden und machte mit den Händen eine letzte, hilfesuchende Bewegung. Dann ließ er die Arme sinken und atmete nicht mehr.

Mehrere Stunden später, der Bestatter hatte den Toten bereits abgeholt, rief Renate ihre Freundin Doris an: „Ich habe eine gute und eine schlechte Nachricht für dich. Die gute: Du hast eine Flasche Champagner gewonnen."

„Dann weiß ich, was die schlechte ist", meinte Doris. „Dein Göttergatte hat den Hochzeitstag vergessen."

„Ja, leider. Möchtest du nachher zum Essen kommen? Ich werde uns etwas Schönes kochen, du hattest ja gestern Geburtstag. Georg ist nicht da."

„Hast du ihn an die Luft gesetzt?", scherzte Doris. „Egal, ich freue mich auf dein Essen. Um sieben?"

Lächelnd legte Renate den Hörer auf.

Männer vergessen bisweilen den Hochzeitstag, Frauen aber nie die Allergie ihres Mannes – oder die ihrer besten Freundin.

Gelbe Paprikacremesuppe mit Zitronengras und gegrillten Riesengarnelen

Rezept für 4 Personen

Zutaten Gelbe Paprikacremesuppe:

6 gelbe Paprika

½ Schalotte, geschält und gewürfelt

1 TL Butter

2 Stangen Zitronengras, leicht gequetscht

Ingwer

10 ml Noilly Prat

100 ml Weißwein

300 ml Geflügelfond

100 ml Sahne

Curry-Gangapurna

Salz

Zubereitung:

Paprika- und Schalottenwürfel in der Butter andünsten. Zitronengras und etwas Ingwer zufügen, leicht salzen und einige Minuten im eigenem Saft dünsten. Mit Noilly Prat und Weißwein ablöschen und kurz aufkochen. Den Geflügelfond zugeben und mit der Sahne aufgießen, mit Salz und Curry abschmecken. Die Suppe fein pürieren und durch ein feines Sieb passieren.

Zutaten Gegrillte Riesengarnelen

6 Stangen Zitronengras

12 Riesengarnelen

100 ml Erdnussöl

1 Limette

30 g Ingwer

1 Chilischote

Salz

Zubereitung:

Zitronengras, Ingwer und Chili fein schneiden und mit dem Erdnussöl mischen. Abrieb von einer Limette hinzugeben. Darin die Riesengarnelen über Nacht einlegen. Je 3 Stück auf eine Zitronengrasstange aufspießen und auf dem Grill von beiden Seiten scharf grillen.

Dieses köstliche Rezept wurde freundlicherweise vom Restaurant „Oberländer Weinstube" in Karlsruhe zur Verfügung gestellt.

Restaurant Oberländer Weinstube
Akademiestraße 7
76133 Karlsruhe
Telefon: 0721 25066
www.oberlaender-weinstube.de

Gudrun Bendel

Die Jahreskarte

1

Drei Ereignisse hatten im letzten Jahr das Leben von Henriette Klingmeier verändert: Sie war 70 Jahre alt geworden, hatte ihren Führerschein abgegeben und sich eine Senioren-Fahrkarte zugelegt. Henriette fuhr seit einem Jahr mit der Straßenbahn durch Mannheim – und damit hatten die Katastrophen begonnen.

Henriette Klingmeier saß im Behandlungszimmer von Dr. Mann, dessen Vater schon ihr Hausarzt gewesen war.

„Ah ja. Eine Zerrung!", konstatierte der junge Arzt, während er Henriettes Schultern und Nacken abtastete. „Aber nur die rechte Seite …" Vorsichtig winkelte er ihren rechten Arm an. „Was haben Sie bloß gemacht, Frau Klingmeier? Man könnte meinen, Sie hätten jemanden mit der Axt erschlagen."

Henriette, die gerade das leuchtendbunte Anatomie-Poster eines hautlosen menschlichen Körpers an der Wand studierte, zuckte kurz, weil er ihren schmerzenden Oberarm berührt hatte. „Nein, natürlich nicht! Nicht mit der Axt", schmunzelte sie. „Ich habe nur die Gardinen aufgehängt. Man ist nicht mehr die Jüngste!"

„Und wie geht es sonst?" Er deutete auf den Stock. „Ich wusste gar nicht, dass Sie einen brauchen."

Henriette blinzelte. Unter dem weichen Leder des Griffes fühlte sie das ovale Eisen in ihrer Hand. „Na ja, der Stock gibt mir mehr Halt, wenn ich unterwegs bin. Aber sonst ist alles bestens." Henriette lächelte ihn treuherzig an, als sie sich ihren lachsfarbenen Seidenschal umband.

Mit guten Wünschen, Salbe und Schmerztabletten, die der Arzt aus einer Schublade gekramt hatte, verließ Henriette die Praxis: eine zierliche, alte Dame mit weißem, ordentlich frisiertem Haar. „Trottel!", dachte sie, während sie auf die Straße trat. „So leicht zu täuschen, und das als Arzt!"

Die frische Luft tat ihr gut, obwohl sie die Schmerzen im Rücken bei jedem Schritt spürte. Aber der Weg zu ihrem Haus war nicht weit. Sie seufzte. Ein paar Wochen lang würde sie sich schonen müssen. Und das bedeutete vor allem: Verzicht auf ihr geliebtes Hobby.

Henriette hatte ein sehr spezielles Steckenpferd. Sie fuhr mit der Straßenbahn, aber nicht, um von einem Ort zum andern zu gelangen. Henriette fuhr Straßenbahn, um sich unterhalten zu lassen. In den ersten Wochen als Besitzerin der Senioren-Jahreskarte war sie kreuz und quer durch die Stadt gegondelt. Sie hatte regelrechte Erkundungstouren unternommen und mittlerweile hatte sie den gesamten Linienfahrplan im Kopf. Sie hatte den bequemen Einstieg in die Niederflurbahnen schätzen gelernt; die angenehmen Sitze und die großen Panorama-Fenster hatten es ihr angetan.

Mehr noch aber interessierte sie sich für die Menschen in den Straßenbahnen. Sie freute sich am Morgen über die quirligen Schulkinder, die sich wie die Lemminge in die Bahn ergossen. Henriette belauschte die Hausfrauen auf ihrem Weg zu den Kaufhäusern und hörte den müden Büromenschen am Abend zu, die auch nach Feierabend in ihre Handys palaverten. Ihr wurde beste Unterhaltung geboten. Sie beobachtete aufmerksam, passte auf und bekam mehr mit, als manchem Fahrgast lieb war.

Henriette war zu Hause angekommen und marschierte durch den Garten hinauf zur Haustür. Die Gardinen fielen ihr wieder ein. Sie mussten tatsächlich dringend gewaschen werden, das würde sie als Erstes erledigen. Nelli war bestimmt schon da und hatte hoffentlich schon mit der Hausarbeit begonnen. Das hatte Nelli tatsächlich, denn als Henriette sich umständlich in der Garderobe das Jackett auszog, hörte sie den Staubsauger in einem der hinteren Zimmer.

Im Bad schmierte sich Henriette Schulter, Nacken und Arm mit der Salbe ein, nahm eine Tablette und zog sich den Hauskittel über. Dann zerrte sie in der Küche die Leiter aus dem Abstellraum und rief nach Nelli.

Später aßen sie zusammen am kleinen Ecktisch in der Küche zu Mittag: Badische Käsespätzle mit geschmorten Pfannenzwiebeln und frischem Schnittlauch aus dem Garten. Die Medikamente wirkten, denn Henriette spürte kaum noch etwas von den Schmerzen und hatte großen Appetit.

„Haben Sie schon die Zeitung gelesen?", fragte Nelli zwischen zwei Bissen.

„Nein, noch nicht, ich schaue nachher mal rein."

„Also, da ist schon wieder ein junger Mann mit eingeschlagenem Schädel gefunden worden!" Empört fuchtelte Nelli mit der Gabel in der Luft herum.

„Ach?" Henriette tupfte sich mit der Serviette die Lippen ab.

„Und die Polizei hat noch keine Spur! Ich sag's ja ..." Nelli schüttelte den Kopf. „Wo soll das noch hinführen? Und wenn ich an die armen Eltern denke. Furchtbar."

Kriminalhauptkommissar Henry Klingmeier saß zu eben dieser Zeit in der kargen Küche der Eltern des vor zwei Tagen tot aufgefundenen Kevin Homolka.

Birgit Homolka, die Mutter des Opfers, saß mit rotgeweinten Augen da. Ihr Mann Horst rauchte, blass und unrasiert. Er saß im Unterhemd am Tisch und roch deutlich nach Alkohol. Henry sah auf den abgeblätterten, kirschroten Nagellack von Birgit Homolka, der ihn an die feine Blutkruste erinnerte, die am rechten Ohr des Opfers zu sehen gewesen war.

Er blickte sich unauffällig in der Küche um. Auf dem Herd standen Essensreste und in der Spüle schmutziges Geschirr. Die Wohnung war trostlos und traurig, und über dem Ganzen schwebte Herrn Homolkas Zigarettenrauch. Henry war mit seinen Fragen nicht weit gekommen. Er wollte aufstehen und gehen, als sich Justin Homolka, der knapp 10-jährige jüngste Sohn auf Strümpfen in die Küche schlich und sich zu seiner Mutter stellte. „Mama, kann ich dann jetzt Kevins iPod haben?"

Henry war froh, als er aus dem trostlosen Mietshaus in die warme Mittagssonne trat. Er seufzte. Sie kamen nicht weiter. Vielleicht hatte die Rechtsmedizin schon ein Ergebnis. Er rief im Institut an und fragte nach Martin Weiland.

„Henry? Was willst du? Ich bin schon fast im Wochenende, es ist Freitagnachmittag. Außerdem kann ich noch nicht viel sagen. Was den toten jungen Mann angeht, nur so viel: Das war eindeutig ein Herzstillstand, hervorgerufen durch äußere Gewalteinwirkung."

Henry Klingmeier war vor seinem Auto angelangt und hörte konzentriert zu, das Handy fest ans Ohr gepresst.

„Der Sinusknoten an der rechten Halsseite ist eingedrückt worden, mit großer Wucht. Metallabrieb, minimal, aber auch Lederpartikel an der Haut. Ich tippe auf Eisen, gegossenes Eisen, aber auch Stahlpartikel waren dabei."

„Eisen, gegossenes Eisen und Stahl?" Henry unterbrach ihn verblüfft. „Was ist heutzutage noch aus gegossenem Eisen und Stahl?"

„Das ist ja wohl dein Job, das rauszukriegen. Mehr kann ich dir im Moment noch nicht bieten! Ja, und es war ein stumpfer Gegenstand."

Henry hörte es bei Weiland scheppern und den Rechtsmediziner fluchen und dann fortfahren: „Es war ein einziger, präziser Schlag! Todeszeitpunkt gegen 21:00 Uhr, plus minus 1 Stunde, Alter."

Henry verdrehte die Augen. „Alter, dir auch ein schönes Wochenende!" Aber Weiland hatte schon aufgelegt.

Henry stieg ins Auto und setzte sich die Sonnenbrille auf. Es war zum Verzweifeln. Drei Morde! Er und seine Abteilung hatten drei Mordfälle auf dem Tisch. Drei Morde in einem einzigen Sommer. Und der Sommer war noch nicht vorbei. Er schaltete das Radio an. Der neueste Song einer großen Mannheimer Musikband ließ ihn für einen Moment innehalten: Es ging um Wahrheit, Freiheit und Heimkommen. Wo war hier die Wahrheit? Das erste Opfer hatte man in der Nähe der Schrebergärten im Süden gefunden. 18 Jahre jung, drogenabhängig, mit zertrümmertem Kehlkopf. Dann ein 20-Jähriger mit eingeschlagenem Schädel im Osten der Stadt. Wobei dieser Tote als mutmaßlicher Vergewaltiger identifiziert worden war.

Und jetzt noch der 17 Jahre alte Kevin, im Osten der Stadt, nahe einer Endhaltestelle der Straßenbahn. Bei dem jungen Homolka waren Drogenreste in seiner Hosentasche gefunden worden. Es war ein Alptraum. Henry spürte einen faden Geschmack im Mund. Wenn er Recht hatte, hatte es etwas mit der Straßenbahn zu tun. Alle drei Opfer waren kurz vor ihrem Tod noch in der Straßenbahn gesehen worden. Das war der momentane Stand ihrer Ermittlungen.

Er drehte den Zündschlüssel um und machte sich auf den Weg zum Abendessen mit seiner Tante. An einer Ampel haltend, musste er an das bleiche Mädchen mit den großen braunen Augen denken. Wie sie auf dem Revier mit beiden Händen am Arm ihrer Mutter gegangen hatte. Das Mädchen hatte großes Glück gehabt. Jemand hatte den Typen regelrecht von ihr heruntergeschlagen, noch während er sich an ihr zu schaffen machte. Das Mädchen konnte sich an nichts mehr erinnern. Vielleicht hatte seine Kollegin noch etwas in Erfahrung bringen können. Kristina hatte das Kind am Morgen noch mal befragt.

Er wählte die Nummer seines Büros. Es klingelte lange, bis Kristina sich meldete.

„Nein Henry, es gibt nichts Neues. Sie kann sich definitiv an nichts erinnern. Das liegt wohl am Schock. Es war ja auch schon dunkel! Und Henry", Kristinas Stimme zischte: „Ich sag's dir noch mal, nur weil das Mädchen Straßenbahn gefahren ist, haben wir hier in Mannheim keinen Serienkiller, der in der Straßenbahn sein Unwesen treibt. Ich bitte dich!"

Henry ignorierte ihren scharfen Ton. „Aber Kristina, wir müssen die alte Frau auftreiben, die hinter dem Mädchen in der Straßenbahn saß. Die Oma mit dem Stock muss was gesehen haben!"

„Ja, da hast du recht. Aber genau die, die finden wir nicht!"

Henry hängte ein. Der ‚Mannheimer Morgen' hatte mehrmals Aufrufe gedruckt, und die RNV-Verkehrsbetriebe hatten Aushänge in den Straßenbahnen gemacht. Alles bislang ohne Erfolg.

Henry Klingmeier parkte den Wagen vor dem Haus seiner verwitweten Tante. Er besuchte sie jeden Freitagabend zum Abendessen.

„Hallo mein Junge!" Die alte Dame umarmte ihren Neffen fest. „Ich habe dir Käsespätzle gemacht, badische Art, die magst du doch so gerne."

„Tante Henni, du bist ein Schatz!" Er setzte sich aufatmend an den kleinen Ecktisch in der Küche und zog sich die Krawatte mit einem Schwung vom Hals.

„Und was gibt's Neues? Was macht die Arbeit?"

„Du weißt ja …" Henry zerteilte mit Genuss die dampfenden Käsespätzle mit der Gabel in mundgerechte Stücke. „Ich darf nichts erzählen."

Sie plauderten über den Garten und darüber dass Henry demnächst zum Rasenmähen antreten würde. Nach dem Essen saß Henry satt und entspannt bei einer Tasse Kaffee am Küchentisch und schaute seiner Tante zu, die den Tisch abräumte und keine Hilfe duldete.

Henry war guter Dinge, zu Scherzen aufgelegt und fragte grinsend: „Tante Henni, kannst du dich eigentlich noch daran erinnern, was du am 23. August gemacht hast?"

„Was?" Henriette langte aus Versehen mitten hinein in die Spätzlereste, die sie eben in den Kühlschrank geschoben hatte. Reglos starrte sie in den Kühlschrank, an der Margarine, dem Quark und der Erdbeermarmelade vorbei. „Warum fragst du?" Sie spürte, wie sich ihr Puls beschleunigte und vor allem spürte sie Henrys Blick in ihrem Rücken.

„Nur so." Er lachte. „Wir suchen eine alte Dame mit Stock, die am 23. in der Straßenbahn gefahren ist, in der Linie 3, gegen 22:00 Uhr, und ich dachte, da du doch so viel Straßenbahn fährst, hast du vielleicht was mitbekommen."

„Was denn mitbekommen?", fügte sie einen Wimpernschlag zu langsam hinzu. Aber Henry merkte nichts.

„Ach, es geht um das Mädchen, das vor 4 Wochen fast vergewaltigt geworden wäre. Kannst du dich nicht erinnern? Die Zeitungen brachten doch tagelang nichts anderes."

Henriettes Stimme zitterte, als sie log: „Nein, nicht wirklich. Weißt du in meinem Alter …!" Dann schloss sie langsam die hohe Kühlschranktür. Fieberhaft überlegte sie, wo der Stock war. Er war oben, oben im Salon. Henriettes Mund fühlte sich plötzlich unangenehm trocken an.

„Das war doch die Geschichte des Sommers! Eine 12-Jährige wurde fast vergewaltigt, aber jemand hat den vermeintlichen Täter erschlagen. Das arme Ding kann sich an nichts erinnern." Henriette ließ Wasser ins Spülbecken einlaufen.

„Ja, doch", antwortete sie langsam, „ich hab darüber was gelesen."

„Ja und das war am 23. August, Tantchen. Das Mädchen meint, dass eine ältere, zierliche Dame hinter ihr in der Linie 3 gesessen hätte. Und die sei dann mit ihr und dem Vergewaltiger zusammen an der Endhaltestelle ausgestiegen. Wir suchen die alte Dame als Zeugin."

Henriette schloss die Augen, als sie die Hände in das Spülwasser tunkte. Es war eisig. Sie hatte aus Versehen das kalte Wasser aufgedreht.

„Die Beschreibung passt doch auf dich!" Henry schmunzelte. „Eine kleine, zierliche, weißhaarige Dame mit einem Stock."

Henriette ballte im kalten Wasser die Fäuste zusammen und lachte auf. „Ja, und auch auf tausend andere ältere Damen in dieser Stadt!"

Wenig später, kaum, dass hinter Henry die Haustür zugefallen war, setzte sich Henriette zitternd an den Küchentisch und genehmigte sich einen doppelten Cognac. „Contenance!", ermahnte sie sich. „Nimm dich zusammen! Das fehlte gerade noch, vom eigenen Neffen überführt zu werden." Sie trank das Glas auf einen Zug aus.

Der 23. August. Ja, das war ein Tag gewesen, den sie so leicht nicht vergessen würde. Sie hatte dem nervösen Kerl bereits in der Straßenbahn angesehen, dass er etwas im Schilde führte. Und wie er dann das arme Kind angestarrt hatte. Henriette schüttelte es, weil der Cognac ihr in der Kehle brannte und weil die Erinnerung in ihr so großen Ekel aufsteigen ließ. Das arme Kind. Es war in der letzten Sekunde gerettet worden.

Henriette richtete sich auf. Gestärkt vom Alkohol und der Überzeugung, Gerechtigkeit in die Welt gebracht zu haben, trat sie wieder ans Spülbecken und wischte das Glas ab. Sie sah aus dem Fenster über der Spüle in den Garten. Was für ein schöner Sommerabend. Auch der 17. Juli war ein so schöner, milder Sommerabend gewesen.

Damals hatte sie sich noch ein paar Rosen aus Gustavs Gartenlaube holen wollen. Ihr guter Freund besuchte für ein paar Tage seine Kinder und Enkelkinder, und Henriette sah in der Laube nach dem Rechten. Es dämmerte bereits, als sie die Rosen in den Korb legte und das Laubenhäuschen fest verschloss. Den Korb mit den Blumen im Arm, ihre Handtasche am Ellbogen und den Stock fest in der Hand, genoss sie den Abendspaziergang am See entlang zur Straßenbahnhaltestelle. Wie lieblich es aus den Gärten duftete.

Sie begegnete niemandem. Es war ein solch stiller, friedlicher Abend hier draußen. Die Schrebergartenkolonie war wie ausgestorben, als sie plötzlich einen Mann entdeckte, weiter vorne am Weg, der sich in den hohen Hecken herumdrückte. Sie hatte sich noch gewundert, wie dicht er an den Hecken gestanden hatte. Er stand da und rauchte. Henriette war weitergegangen. Auf was wartete der dort?

Schlagartig wurde Henriette hellwach. Was, wenn er auf s i e wartete? Ein Schauer jagte ihr über den Rücken, daran erinnerte sie sich sehr deutlich, denn sie hatte ihn beim Näherkommen erkannt. Der ungepflegte Kerl hatte mit ihr in der Straßenbahn gesessen. Sie erkannte das bunte Hemd wieder und die viel zu weiten Jeans. Henriette war stehen geblieben Das Handy hatte sie, wie so oft, nicht dabei. Was konnte sie tun? Sie würde schreien!

Dann ging plötzlich alles sehr rasch. Der Typ machte blitzschnell einen riesigen Satz auf sie zu und hielt ein Messer in der Hand. Aber er war noch gut ein, zwei Meter entfernt. Henriette ließ Tasche und Korb fallen. Ihr stockte der Atem, als der Mann den Arm hob. Sie glaubte sich verloren. Es war ein simpler Reflex, als sie im Moment der größten Gefahr den Stock in ihren Händen drehte, sich seitwärts stellte und – durchzog.

Als Henriette wieder klar denken konnte und erfasste, was sie sah, lag ihr Angreifer auf dem Rücken, der Länge nach hingestreckt. Er rührte sich nicht. Sie hatte ihn mit einem einzigen Schlag wie einen Baum gefällt. Er lag zu ihren Füßen, in seinem schmutzigen Hemd und mit den strähnigen Haaren, die an seinem Kopf klebten. Das alles war ungeheuerlich. Er bewegte sich nicht. Mit zitternden Knien trat sie vorsichtig gegen die Gummisohlen seiner Leinenschuhe. Henriette erinnerte sich noch, dass sie deutlich eine Amsel singen hörte. Sie hätte irgendetwas tun müssen, aber es war so friedlich und still wie zuvor. Schwer atmend bückte sie sich, taumelte, raffte ihre Handtasche und den Korb mit den Blumen zusammen und machte sich aus dem Staub. Henriette hinterließ der Spurensicherung – nichts.

Aus der Zeitung hatte sie erfahren, dass er tatsächlich tot war. Sie hatte ihm den Kehlkopf zertrümmert. Henriette Klingmeier hatte, wenn auch aus Notwehr, getötet. Sie hatte ihn ermordet. Das war jetzt fast drei Monate her. Der tote Kerl, der die Schulkinder mit Drogen versorgte, hatte erst vor 2 Tagen dran glauben müssen. Ungeniert hatte dieser Verbrecher vor den Schulen herumgelungert und Gift verkauft.

Henriette spülte das Cognacglas ab und ging langsam die Treppe hinauf in den ersten Stock. Die Schmerzen in den Schultern und im rechten Arm kehrten zurück. Sie humpelte den Flur entlang.

Am Ende des Flurs befand sich ihr Lieblingszimmer, der Salon, wie sie es nannte. Sie liebte den hohen, hellen Raum mit der Rankentapete und den bodenlangen, schweren Vorhängen an den schmalen Fenstern. Hier saß sie auf dem dunkelgrünen, mit Samt bezogenen Sofa. Henriette begann, die Pokale in der Glasvitrine abzustauben. Es waren Friedrich-Wilhelms Preise und Auszeichnungen. Ihr Mann war ein erfolgreicher Tennisspieler und später ein begeisterter Golfer gewesen. In einem Holzregal waren seine Tennisschläger aufgereiht. Als er gestorben war, hatte Henriette sich nicht von seinen Sportsachen trennen wollen. Ihr eigenes Golf-Set hatte sie leichten Herzens vor zehn Jahren weggegeben. In ihrer Jugend war sie nicht minder erfolgreich gewesen. Sie hatte in diesem damals noch exotischen Sport zahlreiche Preise gewonnen, 1965 sogar in England an Turnieren teilgenommen. Bescheiden und klug, wie sie war, hatte sie stets Friedrich-Wilhelms Erfolge hervorgehoben. Einen ihrer Pokale hatte sie aufbewahrt. Der Pokal stand irgendwo hinter denen von Friedrich-Wilhelm. Sie musste ihn dringend entsorgen. Und den Stock sicherheitshalber noch einmal abreiben und abwischen. Man konnte nie wissen.

Sie hatte das Radio angemacht und summte leise eine Melodie mit, als sie mit dem Stock auf dem Sofa Platz nahm. Friedrich-Wilhelms Geschenk zum 50. Geburtstag. Über 20 Jahre lang hatte das Teil unbemerkt in irgendeiner Bodenvase herumgestanden. Bis sie sich im letzten Winter den Fuß verknackst hatte und den Stock hervorgeholt hatte. Er war eine Sonderanfertigung. Sie entriegelte das feste, stramme Lederpolster, das mit einem breiten Lederband um den Knauf gewickelt war und mit zwei feinen Metallringen an den beiden Messingköpfchen am Holzstock festgeschnallt wurde.

Henriette drückte den Springfederknopf gleichzeitig hinein und zur Seite und hörte das feine Klicken. Sie zog die dünne Stahlstange vorsichtig aus dem hohlen, glänzenden Holzschaft hervor. Sie drehte den blanken, kalten Stahl mit dem seltsamen Knauf herum und hielt ihr früheres 5er Eisen mit dem gusseisernen Kopf in den Händen. Friedrich-Wilhelm hatte es fachmännisch kürzen und den unhandlichen Knauf mit weichem Hirschleder polstern lassen. Das ursprüngliche Polster aus feinem Hirschleder hatte sie nach dem ersten Mord verbrannt und die Asche im Garten zwischen die Rhododendren gestreut. Seither wickelte sie ihre besten Leder-Handschuhe um den Griff.

„Zu dumm!" Henrys Ermittlungen schienen voranzukommen. Was sollte sie nur tun, wenn er begann, weiter in Richtung Straßenbahn zu ermitteln? Wenn sie so weitermachte, führen am Ende gar noch Beamte in Zivil mit? Nachdenklich rollte Henriette den Golfschläger zwischen ihren Händen. „Nun", sagte sie sich, „womöglich ist es an der Zeit, neue Wege zu gehen." Vielleicht war die Zeit gekommen, umzusteigen!

Henriette summte zufrieden vor sich hin, als sie den Golfschläger wieder in der Holzhülle versenkte und das Leder festzurrte. Sollte Henry ruhig weiter in Mannheim die mysteriöse alte Dame mit dem Stock suchen. Gleich morgen würde sie sich eine Bahncard holen. Stuttgart, Karlsruhe, Heidelberg, Speyer – alles so nahe! Henriette lächelte.

Badische Käsespätzle mit geschmorten Pfannenzwiebeln und Schnittlauch

Rezept für 4 Personen

Zutaten Spätzle:
2 Eier
½ TL Salz
250 g Mehl
125 ml Wasser

Außerdem:
2 Zwiebeln
125 ml Sahne
Salz, Pfeffer
Schnittlauch
100 g geriebener Emmentaler

Die Spätzle-Zutaten vermengen und den Teig schlagen, bis er Blasen schlägt. Nun den Teig durch eine Spätzlepresse drücken, in kochendes Wasser hinein. Spätzle kurz ziehen lassen, herausnehmen und anschließend mit kaltem Wasser abschrecken.
Nun die fertigen Spätzle in einer Pfanne anschwenken und alle restlichen Zutaten hinzugeben. Das Ganze schön vermengen und mit Salz und Pfeffer abschmecken.

Dieses köstliche Rezept wurde freundlicherweise vom „Lindner Hotel & Spa Binshof" in Speyer zur Verfügung gestellt.

Lindner Hotel & Spa Binshof
Binshof 1
67346 Speyer
Telefon: 06232 647-0
www.lindner.de/de/LHB

Autorinnen dieses Bandes:

Ulrike Blatter lebt in der Nähe von Konstanz. Als Ärztin mit Weiterbildung in Psychotherapie arbeitete sie in der Rechtsmedizin und in der Sozialpsychiatrie. Ihr Ehrenamt führt sie seit vielen Jahren in die Länder Ex-Jugoslawiens, wo sie Projekte für Jugendliche begleitet. Seit ihrer Jugend schreibt sie Lyrik. Neben Reportagen über die Situation Heranwachsender in Bosnien und im Kosovo veröffentlichte sie zwei Kinderbücher, drei Kriminalromane und zahlreiche Kurzkrimis. Für ihre Texte erhielt sie Schreibstipendien und wurde mit Preisen ausgezeichnet. Weitere Informationen unter www.ulrike-blatter-krimi.de

Simone Ehrhardt ist Jahrgang 1967 und lebt als freie Autorin mit ihrem Mann in Mannheim. 2006 veröffentlichte sie den ersten Teil der *Penelope-Plank*-Krimireihe *Tote Pfarrer reden nicht*, von der es inzwischen vier Folgen gibt. Außer Krimis schreibt sie Kurzgeschichten, Romane und anderes. Seit 2009 ist sie Sprecherin der *Mörderischen Schwestern* Rhein-Neckar.
Nähere Informationen: www.simone-ehrhardt.de

Bettina von Cossel lebt seit 20 Jahren mit Mann, vier Kindern und Hund in England. Neben Kriminalromanen schreibt die Autorin kriminelle Kurzgeschichten für verschiedene Anthologien. Sie ist Mitglied bei den *Mörderischen Schwestern*, sowie im *Syndikat*.

Anette Butzmann – Mannheimer Autorin mit literarischer Neigung zu surrealen Erzählungen, Krimi, Grusel, Märchen, Kindergeschichten und Hörspielen. Vorsitzende der freien Autorengruppe *Literatur-Offensive*, Mitglied im Verband der Schriftsteller. Seit 2005 betreibt sie ein Hörspielstudio für Autorenproduktionen. Im Jahr 2009 erschien der Erzählband mit Audio-CD *Eisblutgeschichten* und das Mehrautorenprojekt *Nebelkopfhütte – fünf Autoren, ein Roman*.

Anne Grießer ist 1967 in Walldürn (Neckar-Odenwald-Kreis) geboren und wohnt heute in Freiburg. Seit dem Ethnologie- und Germanistikstudium lebt sie ihre kriminelle Ader auf dem Papier und auf der Bühne aus. Als Mitglied der Theatergruppe *Mordsdamen* schreibt und veranstaltet sie interaktive Mitmachkrimis, sowie Dunkel-Dinners à la crime. Zahlreichen Kurzgeschichten, Theaterstücken und einem Hörspiel folgte 2006 der erste Kriminalroman. Sie ist Mitglied im *Syndikat* und bei den *Mörderischen Schwestern*.

Heide-Marie Lauterer ist 1952 in Heidelberg geboren, wo sie heute mit ihrem Mann und ihrem Pferd lebt. Nach diversen Umwegen in die Geschichtswissenschaft und zahlreichen historischen Publikationen, schreibt sie endlich das, was ihr ihre Feder diktiert.
2008 erschien ein erster Band mit dem Leben abgelauschten Geschichten im Mattes Verlag (*Irre Geschichten*). Demnächst erscheint ihr Reiterkrimi *Mörderischer Galopp* im Verlag Spiritbooks. Heide-Marie Lauterer ist Mitglied der *Mörderischen Schwestern*.

Jo Arnold – fesselnde Romane mit bizarren Morden in kurzer, harter Sprache sind die Spezialität von Jo Arnold. Bisher hat Jo Arnold vier Romane veröffentlicht: *Limesblut, Lapis Lazuli, Indigolith* und *Jaspis*. Ein Literaturpreis im Jahr 2008 und diverse Veröffentlichungen von Kurzkrimis nach Ausschreibungen gehen ebenfalls auf Jo Arnolds Konto. Die gebürtige Mannheimerin, die nach einem Literatur- und Wirtschaftsstudium in den USA lebte und jetzt im Odenwald ansässig ist, orientiert sich an großen Vorbildern, wie E. A. Poe, Franz Kafka und Steven King.
Weitere Informationen unter: www.joarnold.de

Bettina Hellwig, Dr. rer. nat., ist 1963 in Braunschweig geboren und lebt mit ihrem Mann und zwei Pferden in Konstanz am Bodensee und in Stuttgart. Ihre ersten journalistischen Sporen verdiente sie sich bei Lokalzeitungen. Dann studierte sie Pharmazie und Medizin bis zum Physikum in Berlin und Göttingen. Heute arbeitet sie als Apothekerin und als Journalistin für medizinische und pharmazeutische Fachverlage. Außerdem schreibt sie Geschichten, in denen Pharmazie und Medizin eine Rolle spielen.
Sie ist Mitglied bei den *Mörderischen Schwestern*.

Antje Fries

Geboren in Flensburg. Lebt in Rheinhessen. Nach Sprachen- und Lehramtsstudium Arbeit an verschiedenen Schulen und derzeit an einem außerschulischen Lernort tätig. Diverse pädagogische, literarische, journalistische Nebentätigkeiten. Schreibt Kriminalromane, Kinderbücher und Lehrerbücher und liefert Beiträge zu Lyrik-, Mundart- und Krimi-Anthologien. Gehört dem *Syndikat*, den *Mörderischen Schwestern* und dem *Mörderischen Rheinhessen* an.

Näheres unter: www.antjefries.de

Dietlind Kreber

1962 in Lippstadt/Westf. geboren; studierte Betriebswirtschaft. Die Autorin lebt heute an der Ostseeküste in der Lübecker Bucht. Sie schreibt Kurzkrimis, die in zahlreichen Anthologien verschiedener Verlage zu finden sind. Sie ist eine *Mörderische Schwester* und Mitbegründerin der Regionalgruppe Rhein-Neckar.

Neben der Arbeit als Schriftstellerin hat sie bereits vier erfolgreiche Kurzgeschichtenbände herausgegeben und im vergangenen Jahr zusammen mit ihrem Mann den *Windspiel Verlag* gegründet. *Strandkorbkrimis* für die Lübecker Bucht ist der fünfte Band, der im Juli erscheinen wird.

Nähere Informationen: www.dietlind-kreber.de

Heidi Moor-Blank

Die Schreiblust war Ventil während des Rückzugs ins reine Mutterleben. Unterstützung und Inspiration gab die Mitgliedschaft bei den *Mörderischen Schwestern*.

Nach der Rückeroberung des Arbeitsplatzes in einem Softwarehaus bleibt nur noch wenig Zeit – deshalb reicht es nur für Krimi-Kurzgeschichten.

Kurzkrimis: *Herr S. im Fluss*, in: *Die vielen Tode des Herrn S.*; *Versoffene Jungfern*, in: *Bayerisches Mordkompott*; *Donau, so blau*, in: *Donauleichen*; *Letzter Wille*, in: *Mannheimer Morde*; *MainTod*, in: *Und ruhig fließt der Main*; *Todesbuch*, in: *Lahn-Leichen*; *Ein himmlisches Omelette*, in: *Muscheln, Mousse und Messer*.

Emma Grey

Nachdem Emma Grey ihr BWL-Studium beendet hatte, zog es sie ins Ausland. Die Reisen in ferne Länder und fremde Kulturen öffnen ihren Blick für Neues und bringen sie auf Ideen, die sich in ihren Krimis widerspiegeln. Heute schreibt Emma Grey in ihrer Wahlheimat Schriesheim, wo sie einen zauberhaften Blick auf Weinberge und in die Rheinebene genießt. Hauptberuflich entwickelt Emma Grey als Produktmanager innovative Produkte in der Konsumgüterbranche und schreibt Sachbücher. Emma Grey ist Mitglied der *Mörderischen Schwestern*.

Näheres auf www.emmagrey.de

1973 in Mannheim geboren, lebt und arbeitet **Amy Lendsor** in ihrer Geburtsstadt.

Inzwischen sind zwei Krimikurzgeschichten von Amy Lendsor erschienen:

Im Mai lässt sich´s morden im Rahmen der Anthologie *Mannheimer Morde* im Kehl-Verlag. *Tiefe Narben* im Band 6 der Kurpfalz- Krimis *Mörderisches Mannheim* im Wellhöfer-Verlag.

Die Überarbeitung ihres ersten Kriminalromans mordet bisweilen jede Menge Zeit.

Ursel Albrecht

Geb. 1954 in Düsseldorf. Aufgewachsen in Düsseldorf und Hamburg. Tätig im höheren Dienst in der Rehabilitation der Gesetzl. Unfallversicherung. Wohnt in Mannheim, Zweitwohnsitz Insel Föhr.

Zwei Kriminalromane: *Und die Liebe währet immerdar ... Eine Pfälzer Mord(s)geschichte* und *Tödliche Gezeiten: Eine Mord(s)geschichte von den Nordfriesischen Inseln*.

Div. Veröffentlichungen in Fachzeitschriften. Lesungen in Mannheim und auf der Insel Föhr.

Gudrun Bendel lebt in Mannheim und studierte in Heidelberg Literatur- und Politikwissenschaft. Nach dem Studium arbeitete sie lange Jahre in Mainz und Wiesbaden und pendelte mit Zug und Straßenbahn. „Diese Zeit, die ich im öffentlichen Nah- und Fernverkehr zugebracht habe, hat mich geprägt und inspiriert", bekennt sie heute. In ihrer Freizeit schreibt sie als freie Mitarbeiterin für den *Mannheimer Morgen* und ist Mitglied bei den *Mörderischen Schwestern*.

Die Mörderischen Schwestern®

Das Krimiautorinnen-Netzwerk „Mörderische Schwestern" wurde 1996 gegründet, damals noch als deutschsprachige Untergruppe der amerikanischen „Sisters in Crime". Ziel war und ist es, der Diskriminierung von Frauen im Krimigenre entgegenzuwirken und sich gegenseitig zu unterstützen. Heute gehören der Gruppe über 400 deutschsprachige Autorinnen und Förderinnen des Frauenkrimis an. Auch Newcomerinnen und Frauen, die nicht schreiben, sind gleichberechtigt dabei.

Wir arbeiten, schreiben, lesen hauptsächlich auf Deutsch in den drei deutschsprachigen Ländern.

http://www.moerderische-schwestern.eu

Die Mörderischen Schwestern® Rhein-Neckar

Die Regionalgruppe Rhein-Neckar besteht seit 2007 und ist mittlerweile auf 25 Schwestern angewachsen. Wir treffen uns regelmäßig zum Gedankenaustausch und veranstalten gemeinsam Lesungen, Workshops und krimispezifische Exkursionen.

http://deltasisters.wordpress.com/

Neu im verlag regionalkultur

Gabriele Albertini

Mord am Saalbach
Ein Bruchsal-Krimi

Auf ihrem Weg zur Schule entdecken zwei Jungen die Leiche einer jungen Frau im Saalbach.
Eigentlich könnte der Bruchsaler Kommissar Adam mit seiner jungen Assistentin Lena Hartmann den Fall ganz gut übernehmen. Als Leiter der Sonderkommission werden jedoch zwei Beamte aus Karlsruhe eingesetzt, die zudem beide aus Norddeutschland stammen und sich manches Mal über süddeutsche Bräuche wundern. Die vier ungleichen Kriminalbeamten wachsen trotz anfänglicher Schwierigkeiten zu einem ausgezeichneten Team zusammen und lösen den Fall. Die einzige Frage, die zum Schluss noch offen bleibt, ist rein privater Natur.

124 S., Broschur. ISBN 978-3-89735-628-3. € 9,90

Gabriele Albertini

Mord in der Huttenstraße
Ein Bruchsal-Krimi

Ist im beschaulichen Bruchsal schon wieder ein Mörder unterwegs? Kommissar Adam kann das nicht glauben: Ein „Massaker in der Huttenstraße"?
Doch dann erweist sich manches anders, als es zunächst ausgesehen hat …
In gewohnter Souveränität löst der Bruchsaler Kommissar mit seinem Team auch diesen Fall.

144 S., Broschur. ISBN 978-3-89735-683-2. € 9,90

Thomas Liebscher

Alderle!
Gedichte und Glossen in Mundart

„Augenzwinkernd nimmt er seine Leser an die Hand, macht aus der gemeinsamen ‚Muddersproch' den unverwechselbaren ‚Liebscher-Ton' und somit Mundart literarisch."
(Schwetzinger Zeitung)

„Liebscher erweist sich einmal mehr als nuancenreiche literarische Stimme."
(Kulturmagazin Klappe auf, Karlsruhe)

80 S., mit 37, meist farbigen Abbildungen, fester Einband.
ISBN 978-3-89735-687-0. € 13,90